KB093969

문학과 의식

2022
산문선

전하지 못한 반성문

박옥임 수필집

박옥임 수필집

전하지 못한 반성문

작가의 말

깊은 땅속 마르지 않는 암반수처럼 퍼내도 퍼내도 늘 그만큼 채워져 있는 맑은 샘물을 닮고 싶습니다.

단맛도 쓴맛도 없는 밍밍한 깊은 샘물은 추운 겨울에는 따뜻합니다. 여름삼복 더위에는 얼음처럼 시원해서 땀에 찌든 농부의 목마른 갈증에 시원하게 마시는 냉수를 닮아 가고 싶었습니다.

어느 순간 뒤 돌아 본 내 삶이 눈 깜짝할 사이에 살아야 할 날보다 살아버린 날이 훨씬 더 많아져 버렸습니다. 깊고 맑은 샘물이 아니고 얕은 시냇물처럼 살았습니다. 잠시 비가 내리지 않으면 속내를 훤하게 드러내 보이고 말라버리며 겨울엔 꽁꽁 얼어버린 시내처럼 마음은 춥고 영혼은 목이 마릅니다. 빈 들판에 마른 풀이 단비를 기다리듯 저 역시 마실 수 있는 생수를 찾아 헤매고 있었습니다.

문득 나는 뭣을 하고 사는가! 삶에 자책하고 울분이 끓어오르던 차에 불현듯 지나간 시절의 이야기를 글로 쓰고 싶다는 생각이 났습니다.

　그래서 추억을 더듬어 용기를 내서 일상생활의 일어난 일들을 진술하게 적어보기 시작했습니다.

　하지만 막상 숲속에 보이지 않은 무덤처럼 누가 볼세라 깊이 감추어둔 글을 세상에 선 보이려하니 부끄러움에 가슴이 뛰고 손은 떨립니다.

　응석받이 막내 딸 시집보낸 심정으로 세상이란 바다에 이 글을 띄웁니다. 삶이 힘들고 지치신 분들 부족한 글을 읽으시고 목마를 때 한 두레박의 시원한 냉수가 되었으면 좋겠습니다.

　아름다운 모든 분들의 건강과 행운을 늘 기원합니다.

2022년 6월

박옥임

격려사

한상배

수필가, 동부밑거름학교 대표

언제 보아도 정겨운 우리의 봄꽃 노오란 민들레!
땅이 비옥하지 않아도 잘 크는 생명력 강한 들꽃.
민들레 꽃씨가 바람에 날아가면
몇십 킬로를 날아간다는,
항상 감사하며 살아가는
옥임 언니 닮은꽃.

꿈이 있는 사람,
꿈을 실현하며 사는 보석같은 사람 –

차례

작가의 말
격려사

1부 당산나무처럼

2부 전화 한 통의 행복

3부 산은 변하지 않고

4 부　잊히지 않는 사람

일러두기

1. 책에 쓰인 영문의 한글 표기는 외래어표기법에 따랐으며 일부는 저자의 의도를 반영해 예외로 두었다.

2. 쉼표와 마침표, 말 줄임표, 느낌표 등의 문장부호는 저자의 의도를 반영, 최대한 저자의 원문을 그대로 살려 표기했다.

1부

당산나무처럼

봄 산책

얼었던 대지가 녹고 산과 들에 녹음이 짙어진 봄날이다.

산속 계곡에는 맑은 물이 졸졸 노래하며 길 따라 달린다. 산 언덕 바지에는 향기가 가득한 봄꽃들, 진달래, 개나리가 활짝 피어 웃으며 놀다 가라고 나를 부르는 듯하다. 그 유혹에 못 이겨 장흥 계곡으로 차를 몬다.

맑은 날 맑은 물이 흐르며 만들어 내는 노랫소리, 은은히 퍼지는 꽃향기가 어우러져 환상의 궁합이다. 지난겨울에 보던 바위나 소나무들이 긴 겨울잠에서 깨어 파란 옷으로 갈아입은 모습이 신기하고 정겹다. 겨우내 차곡차곡 쌓아놓았던 답답한 마음을 시원한 봄바람에 멀리멀리 날려 보낸다.

산나물이나 뜯을까 하는 생각에 나물 찾아 산으로 올라간다. 나물 찾아 여기저기 기웃기웃하는데 머리위에서 까악-까악 하는 울음소리에 돌아본다. 옆에 큰 나무에서 이리 날고 저리 기고 날개를 편 까치란 놈이 둥지를 해치는 줄 알고 자지러지게 울어 댄다.

깜짝 놀라 '아니야 알았어!' 하며 서둘러 그곳을 뜬다. 내가 그 곳을 벗어난 것을 확인했는지 까치도 안정을 하고 조용하다. 어쩌면 저놈들의 모성이 사람 보다 낫다는 생각에 한참을 바라본다.

 이 곳 저 곳을 구경하다가 내려오는데 활짝 핀 자목련 꽃이 한 잎 두 잎 떨어지는 게 어쩐지 슬프고 가슴이 뭉클하다. 피었던 꽃도 질 때는 슬퍼서 울고 질까, 생각에 젖는다. 저게 내 모습 아니, 사람들 자연의 본 모습이겠지! 언제나 봄은 희망이고 신선한 꿈의 원동력이며 우리가 자라서 곱게 익어가게 한다. 신선한 올봄도 아쉬움을 남긴 채 그렇게 떠나보낸다.

꽃을 보면서

꽃을 싫어하는 사람도 있을까? 사람들은 장미꽃이 예쁘다, 백합이 예쁘다 또 어떤 사람은 국화가 예쁘다 하며 취향은 다 다르지만 꽃이 가진 아름다움을 싫다고 거부하는 사람은 본 적이 없는 것 같다. 나 역시 계절마다 다양한 꽃이 핀 것을 보면서 살았지만 해마다 꽃을 보는 나의 느낌은 다른 사람들이 느끼는 꽃이 가진 모양새의 아름다움에 대한 찬양과는 조금 결이 다르다. 나의 취향은 꽃이 가진 화려한 색깔이나 수려한 자태와는 거리가 조금 있다. 내가 좋아하는 꽃은 화려한 장미도, 백합도, 국화도 아니다. 내가 좋아하는 꽃들은 다른 사람들은 꽃이라고 취급도 않는 꽃들이다. 하지만 그렇다고 해서 나라도 그것들을 꽃이라고 봐주자는 동정심에서 일어난 애착은 아니란 생각이다.

4월에 피는 등나무 꽃을 보면 많은 생각이 떠오른다. 연보랏빛의 포도송이처럼 송알송알 다닥다닥 붙어서 피어 있는 등나무 꽃을 보면 동지간의 우애나 사랑을 생각나게 한다. 그리고 민들레꽃을 보아도 불우한 환경 속에서도 인생을 포기하지 않고 살아가며 자신의 꿈을 향해서 숱하게 밟히고 찢겨도 흔들림 없이 사는 꿈 많은 청소년들을 떠올리게 한다. 모진 추위에도 견뎌내는 동백꽃을 좋아하는 이유도 어쩌면 비슷한 이유가 있는 셈이다.

온실에서 사람 손에서 키워진 꽃보다 자연과 더불어 들에 핀 야생화 꽃이 향도 진하고 꽃의 의미가 더 깊어서 좋다. 이런 꽃들을 좋아하는 이유로 나는 열심히 살면서 자신에게 솔직한 사람을 볼 때 내가 좋아하는 야생의 꽃들과 자연스레 비교를 한다. 이런 꽃들은 어려운 환경에서도 열심히 살아냈고 결국 화려하고 보이게 예쁘지는 않지만 결국 나름의 꽃을 피워낸 사람들을 생각하게 하는 것이다. 그래서 나는 이런 꽃의 자생력을 보면서 내 인생도 돌아보고 용기를 내기도 하고 은은한 향기도 좋아한다. 앞으로도 이 꽃들을, 그리고 그 꽃을 닮은 사람들을 사랑할 것이다.

봄의 불청객

해마다 봄은 나에게 한 번도 거르지 않고 지성으로 반갑지 않은 선물을 가져다준다. 올해도 여전히 빠지면 안 될 선물인 양 기다린 적도 없는데 불청객은 내 허락도 없이 안방을 차지한다. 염치도 체면도 없이, 뻔뻔하기까지 한 이 손님이 나를 지배하려 한다. '네놈한테 절대로 질 수는 없지' 하면서도 자꾸만 끌려 다닌다. 그러다보면 어느 순간 사람을 만나기도 싫어졌다. 그토록 좋아하던 문학도 다 귀찮고, 내 의지와는 상관없이 우울증이란 늪으로 빠지기 시작했다.

우두커니 먼 산을 바라보다가 고향 생각에 눈물이 하염없이 쏟아지기 시작했다. 그러기를 두 달. 이렇게 있지 말고 이 참에 고향에 다녀오자는 생각이 들어 고향 아우 애숙에게 전화를 걸어 "고향에 가지 않을래?" 했더니 두말없이 "네."한다. 쇠뿔도 단 김에 빼라고 말난 김에 서둘러 배낭을 메고 그날 오후 2시 20분 KTX로 목포로 출발 했다. 난생처음으로 비행기 삯 다음으로 비싼 요금을 내고 3시간 20분을 달려 5시 20분에 목포역에 내렸다.

KTX가 생기기 전에는 서울에서 목포까지는 한참을 가야했다. 완

행열차로 밤새도록 달려서 아침에야 목포역에 부스스한 얼굴로 내렸던 기억이 떠올랐다. 세상 참 좋아졌다는 생각에 만감이 교차했다. 배낭을 메고 터벅터벅 역 대합실로 나가는데 연락을 받은 둘째 제부가 마중 나와 있었다. 우리는 제부 차로 해변을 한 바퀴 돌아 동생 집으로 갔다. 동생은 집에 없었다. 호랑이 없는 굴에 토끼가 왕이라고 나그네가 주인이 되어 부엌살림을 맡아보려 했지만 동생 대신 제부가 저녁을 정성스럽게 차려주었다. 허리가 아픈데도 병원 대신 우리 마중을 나온 제부에게 미안하기도 하고 고맙기도 했다. 나라면 그렇게 못했을 것이다.

다음날 아침 일찍 밥을 먹고 애숙 아우와 날 굴 밭에다 태워다 주고 제부는 일터로 갔다. 아우와 바위에 다닥다닥 붙어 있는 굴을 보자 "우~와! 굴이다 굴!" 하며 정신없이 조새로 딱 찍어 껍데기를 벗겨내기 시작했다. 조새 꽁지로 긁어서 나먼저 한 입 먹고 "아, 맛있다"면서 부지런히 바가지에 굴을 캐 담았다.

오랜만에 굴을 캐 본 아우도 열심인 모습도 보기 흐뭇했다. 한 번 딱 찍어 껍데기를 벗겨 내고 조새 꽁지로 긁어서 후루룩 먹더니 아우는 "아, 맛있다! 언니? 소주 안주로 참 좋은데 소주 가져올걸 그랬어." 하며 껄껄 웃었다. 물이 들어오기 전에 하나라도 더 캐야지 하며 부지런을 떠는데 주변 사람이 소주 이야기를 듣고 참이슬 한 병을 주었다. "고맙습니다!" 하고 받았다. 술은 받았고 바위에 안주는 다닥다닥 붙어있는데 술잔이 없어 내가 난감해 하는데 아우가 "술잔이 없다고 술을 못 마실 우리들이 아니지, 언니? 여기 술잔 있어" 하

며 굴 껍데기를 들고 깔깔 웃는다. "여기다 따라 먹어요" "그래, 마시
자, 마셔"했다. 바닷가에 살던 나도 굴 껍데기에 술을 마셔 보기는
처음이라니 아우도 그건 언니나 나나 마찬가지, 하며 활짝 웃었다.

한참을 굴을 캐다보니 벌써 물이 들어왔다. 둘이 캔 굴이 제법 많
아서 마음이 흐뭇해 부자가 안 부러웠다. 아쉬움을 뒤로 하고 집으
로 오는 길에 바다에서 김발을 꺼내다가 해변에 잔뜩 쌓아 놓은 것
이 보였다. 주인에게 "우리 김 좀 뜯어 갈까요?" 묻자 "예" 했다. 함께
한 아우는 시골 사람들 인심은 넉넉하다고 하며 염치불고하고 허겁
지겁 한 바구니 뜯어 가지고 집으로 왔다.

늦은 점심을 먹고 쑥을 캐려고 해안을 도는데 뒤에서 클랙슨 소리
에 깜짝 놀라 뒤를 돌아보니 제부가 그쪽이 아니라며 쑥이 있는 곳
으로 안내했다.

다음날 또 굴을 캐려고 굴 밭에다 우리를 태워줬던 제부가 한참 있
다 오디술을 가지고 왔다.

이렇게 추억을 만들다보니 어느 사이 반갑지 않은 불청객, 우울증
이란 놈도 슬그머니 가버렸다. 아우와 나는 봄 바다의 추억을 잔뜩
안고 복잡한 서울로 돌아왔다.

양촌리 이야기

새벽 찬 바람을 헤치며 허둥지둥 뛰어 용산역으로 갔다. 시간은 6시 30분을 가리키고, 함께 갈 일행은 보이지 않아 여기저기 서성이며 기다렸다. 한참을 기다리니 일행이 숨을 헐떡이며 나타났고 차시간 놓칠세라 서둘러 8시 4분에 출발하는 무궁화호 표를 사 논산으로 향했다.

급하게 출발을 한 마음을 조금 가라앉히고 앉아 있으니 창밖의 풍경에 눈을 돌릴 만큼 여유가 생겼다. 기차는 찬 공기를 가르며 달리고 있었고 세상은 온통 눈꽃으로 단장을 해 장관이었다. 파란 침엽수들도 눈꽃을 머리에 이고 수줍은 듯 고개를 숙이고 있었다. 열차 안의 여행객들도 침묵에 젖어 스쳐지나가는 창밖의 아름다운 설경에 넋을 잃은 듯했다. 눈꽃 풍경에 눈길과 정신을 뺏겨 있을 때 "논산역입니다."하는 안내방송이 들렸다.

논산역에 내리니 양촌면 모촌리 요양원 오바울 목사님과 이정숙 전도사님께서 차를 가지고 우리 일행을 마중을 나오셨다. 목사님 차를 타고 요양원을 들어가면서 주변 배경을 주시했다. 조용하고 신선한 산중 마을이 한눈에 들어온다. 이렇게 공기 좋은 곳에서 살았으면 하는 생각이 조용한 풍경과는 달리 내 눈과 머릿속을 어수선하게 한다.

양촌 수양관에 도착 해 목사님 안내로 수양관 내부를 지하부터 3층까지 구경을 하고 1층으로 다시 내려오니 어느새 어르신들 점심시간이다. 수양관에는 장기 수양자가 약 38명이 있었고, 숙식하는 직원만 10명이라고 했다. 가사방문, 목욕방문하는 분들까지 하면 직원이 20명이 넘는다고 목사님께서 말씀하신다.

우리 일행 점심식사는 선교센터로 가서 먹자고 해서 어르신께 인사를 하러 들어갔다. 인사를 하고 나오는데 문득 이런 생각이 든다. '머지않아 우리도 저렇게 될 수도 있다. 저 모습이 거울이구나.'했다.

양촌리 선교회 센터에서 전도사님이 굴밥을 해주셔서 먹고, 즉 말하자면 교회 펜션이다. 도심지 교회에서 청소년들을 데리고 수양관 2박 3일에 일인당 4만원을 받는다고 한다. 몇 시간이 지나자 나와 정이 들었는지 이정숙 여전도사님께서 자기명함을 주면서 "고향 언니를 만난 것처럼 좋습니다. 밤늦은 시간도 좋으니 전화 부탁드려요."한다. 대접 잘 받고 오려고 하는데 목사님께서 대전까지 태워주셔서 편하게 잘 왔다. 돌아오는 길은 KTX를 타고 왔다. 돌아보면 참 좋은 일하는 단체가 많다.

"목사님, 전도사님! 봉사하시는 모습이 보기 좋았습니다. 존경합니다! 전화하고 또 찾아뵙겠습니다."

20

사람은 오래 살고 볼 일

요양교육을 받은 지 벌써 5일, 받고 보니 아~ 우리 참으로 이 교육 받기를 잘했다는 생각이 들었다.

새벽 5시에 잠에서 깨어 준비하고 6시 전철로 출근해 아이들과 지지고 볶고 하다가도 오후 5시가 되기 바쁘게 퇴근을 해 요양교육 센터로 간다. 강의실을 들어가 보면 교육생은 한사람도 없고 원희 씨와 나 뿐이다. 6시 야간 강의시간이 될 때까지 사무실 원장과 실장한테 궁금한 것도 묻고 하다보면 시간이 된다. 그리고 교육생들도 제법 모인다. 강사도 하루씩 돌려가며 강의를 한다. 6시 20분 강의가 시작된다. 강의 내용은 주로 아픈 환자들에 대해서이다.

월요일 첫날은 요양원 센터를 운영하신 여자이신 목사님께서 특강을 하셨다. 강의 주제는 '요양 복지사란 무엇인가'에 대한 것이었다. 앞으로 고령화 사회는 65세부터 백세를 능가하는 시대가 될 것은 무식한 내가 생각해도 알 수 있다. 노인들이 아프거나 치매에 걸리거나 또 중풍환자나 장기적인 보호자가 필요할 때를 간병인 환자를 돌보듯이 7월 1일부로는 요양자격증이 있어야 병원 간병인도 하고 요양시설에 가서 봉사도 할 수 있다고 한다. 현재 병원 간병인들도 요양 보호사자격증 받기 위해서 밤에 나와서 교육을 듣고 있다. 예전에 민간 업체에서 받은 간병인 자격증은 사용할 수 없다고 해서 힘들게 딴 것이 소용없어진 것이 마음이 씁쓸하긴 하지만 공부를 다시 하다 보니 너무 재미있다. 그런데 문제는 강의의 양이다. 240시간을 언제 끝내나하는 생각을 하면 걱정도 된다. 몸을 어느 정도는 쉬어 주면서 해야 되는데 몸이라도 아프면 어쩌나 하는 생각이다.

원희 씨와 나는 센터 원장이 모범생이라고도 한다. 이론 교육이 끝나고 실습할 때는 저녁 시간이 맞출 수 없는 우리는 큰 걱정이었다. 그런데 다행히도 유치원 방학 때 실습을 맞춰주겠다고 해서 한결 마음이 놓인다. 힘들어도 열심히 교육 받아서 불쌍한 사람들을 위해서 조금이라도 내 손이 필요한 사람에게 쓸 수 있으면 좋겠다.

이런 생각을 하며 원희 씨와 나는 '사람은 오래 살고 볼 일이야' 하면서 신이 나서 깔깔대고 웃었다.

요양교육 받을 당시 90세가 넘으셨던 어른신과 함께

즐거움인지 괴로움인지

따르릉 전화벨이 울렸다. 울려대는 벨소리를 뒤로하고 한참동안 하던 일을 계속 했다. 5분 뒤에 다시 벨소리가 울려대기에 하던 일을 멈추고 마지못해 수화기를 들었다.

"여보세요"

"왜 전화 안 받아요, 나 서울문학 한승욱 대표요."

"아, 죄송해요 벨소리를 못 들었어요, 대표님께서 무슨 일로 전화를 하셨는데요?"

무엇이 그리 바쁜지 말이 끝나기 전에 대표는 밑도 끝도 없이 "미리 축하합니다!"한다.

"뭘 축하한다는 거지요?"

"예, 선생님의 시 〈적막강산〉이 신인상으로 선정되었습니다!" 하면서 등단소감을 쓰라고 한다. 이 말을 듣는 순간 즐거움보다는 하늘이 노랗다 못해 캄캄했다.

등단 소감이란 단어조차 난생 처음 들었고 생소한 단어였다. 등단 소감을 어떻게 써야 하나 싶어 입에 침이 마르고 입술이 바짝바짝

말랐다.

　이 이일을 어쩌나 가슴이 쿵쾅쿵쾅 뛰고, 손도 사시나무 떨리듯 했다. 어찌 되었든 주어진 숙제니 울며 겨자 먹듯이 차근차근 등단소감을 쓰기 시작했다. 심사위원들에게도 감사하다는 인사도 빼놓지 않고 등단소감을 끝을 맺었다. 한 고비가 지나갔다고 심호흡을 크게 하고 좋아했는데 이런, 더 큰 태산이 앞을 가로막고 있었다. 프로필이 빠졌다고 보내달라고 했다. 이거 참! 약력을 쓰려는데 내세울 것은 없고 또 다시 심장은 쿵쾅거리며 뛰기 시작했다.

　다른 사람들 써놓은 것을 보면 어디어디 무슨 대학, 무슨 대학원, 그 삶들이 화려하고 대단했다. 남들 경력을 보면 볼수록 나는 더욱 쓸 수가 없고 가슴만 터질 것 같았다. 아무리 생각해도 방법이 떠오르지 않았다.

　언젠가 이런 말을 들은 기억이 났다. '무식하면 용감하다'는 말. 난 그 말에 힘을 얻어 폭풍의 바다에 난파선을 타기로 했다. 떨리는 몸을 진정하고 숨을 들이마시고 내 뱉기를 몇 번하고 이면지와 연필을 들었다. 그리고 용감하게 프로필을 쓰기 시작했다. 학력 중, 고등학교, 서울 예림 학원 감사, 은선 유치원 보조 교사. 이렇게 쓰고 나니 어려운 숙제가 끝이 났다. 깨끗하게 포장해 놓았던 내 무식함을 드러내고 보니 창피해서 쓰러질 지경이었다.

　알맹이가 빠져나간 허물을 천천히 들여다보았다. 이 모든 허세들이 내 삶의 장애물이었다. 나의 인생에서 학벌이 주인이 될 수는 없다는 것을 너무 늦게 알았다. 차근차근 모자란 것을 채우면서 살기로 마음먹었다. 오랜 진통 끝에 나의 첫아이 등단작이 실린 서울문학 봄 호가 집으로 배달되었다. 이렇게 아이는 아무도 축하하는 사람 없이 불쌍하고 서럽게 세상에 태어났다. 나의 텅 빈 꺼풀이 힘들다고 바스락바스락거린다.

아쉽게도 서울문학 시상식의 사진을 가지고 있는 것이 없다.
위의 사진은 나와는 소중한 인연인 코리아문학에서 신인상을 받을 당시 축하해 주러 와주신 고마운 분들과 함께이다.

파란 나뭇잎

연하디 연한 아기 잎이 어느새 자라 어른 잎이 되어 터널을 만들었다. 터널을 만든 줄기의 아기 꽃봉오리들은 조용히 바람에 나부낀다. 그 잎들 사이에서 벌과 나비들이 꿀을 따며 노래를 부른다.

길게 죽 뻗은 파란 터널 사이로 장미꽃이 활짝 피어 눈길을 끌어 돌아보니 수국 같이 머리가 하얗게 센 노부부가 손을 꼭 잡고 천천히 걸어오고 있었다. 두 분께서 산책하는 발걸음은 나비처럼 가벼웠고 그 모습을 보니 삶의 여유가 있어 보였다. 궁금한 것을 보면 참지 못하고 상대에게 묻곤 하는 습관이 있는 나는 그 부부에게 다가가서 물었다.

"어르신, 실례지만 지금 연세가 어떻게 되셨어요?"

젊은 사람이 늙은 사람 나이는 왜 묻느냐며 소녀처럼 미소 지으며 팔십이라 했다. "어르신, 참 부럽습니다. 노후설계를 잘 하셨군요?" 하며 한 동안 선채로 이런 저런 이야기를 주고받았다.

머리 뿐 아니라 입고 계신 옷도 수국처럼 하얀 것이 마치 천사의 날개 같았다. 하얀 옷을 입은 노부부를 보니 오래 전에 떠나신 아버지 어머니 생각이 주마등처럼 스쳤다. 노부부께서 이렇게 말 했다.

"젊은이! 터널이 참 아름답지요?"

"나뭇잎으로 터널을 만들어 햇볕도 가려주고 또 우리 같은 늙은이도 말없이 반겨주니 좋은 세상이지요?"

왠지 그 말 속에 슬픈 싹이 보였다. 딸 같은 나에게 말끝을 흐린 것이 슬픈 목련꽃처럼 보였다. 부부는 손을 꼭 잡고 "다음 해도 터널에 핀 장미꽃을 볼 수 있을까?"했다. "쉬었다 가라고 쉼터도 만들어 놓고 햇볕은 따뜻한 동반자가 되어주니 자연이 얼마나 고맙소!" 라며 노인은 말을 이었다. 그 말을 듣다 보니 아마도 젊어서 글줄이나 읽은 선비가 아닌가 싶었다. 그런데 하시는 말속에 왠지 가슴이 찡했다. "어르신! 참으로 아름다워 저는 부럽기까지 한데요"하며 말을 거들었다. 그러면서 "어르신! 좋은 세상에 건강하시고 맛있는 음식도 많이 드시고 오래오래 행복하기를 바랄게요!"라는 말을 덧붙이곤, 한참을 노부부와 주거니 받거니 이야기하다가 "저 먼저 갑니다,"하고 돌아섰다.

이상하게 자꾸 눈에 밟혀 신경이 쓰였다. 친정아버지가 살아계신다면 착각할 만큼 모습이 닮았기 때문이다. 부모님의 고마운 생각도 잊고 나 잘난 것처럼 살았다. 그분들 때문에 잊을 뻔했던 부모님 가슴에 얼굴을 묻어 던 일을 떠올려보았다. 그렇지만 머지않아 거울 속 내 모습도 백발의 노인의 모습이 될 터이다.

어린 싹도, 고운 꽃잎도, 낙엽이 되어 떨어지고, 공중을 날아다니는 새도 때가 되면 떠난다고 했다. 그날따라 왠지 기분이 착잡하고 마음이 무거웠다.

터널에서 만난 천사 같은 노부부가 가슴에서 떠나지 않고 똬리를 틀고 앉았다.

그 후 나 자신을 위해 노후를 설계 해봐야지 했다. 과연 그때 본 노인처럼 노후준비를 잘할 수 있을까 싶었다. 하지만 칼을 들었는데 무라도 베어야지, 결심 끝에 밤에는 기와집을 지었다 부셨다 했다.

그때부터 지금까지 노후준비는 답도 찾지 못하고 개미 쳇바퀴 돌 듯하고 있다.

이미 버스 떠난 뒤에 손 흔드는 격이다.

한여름 보양식

삼복더위에는 많은 사람들이 몸에 좋다는 음식을 여기저기 찾아다니며 너나 할 것 없이 먹을 수 있는 것은 모두 먹어치우곤 한다.

먹다먹다 못해 뱀, 개구리까지 먹어대기 때문에 한동안은 이것들이 씨가 마를 지경이었다. 심지어 포장마차에서 비둘기가 몸에 좋다 하니까 병아리를 구어 놓고 비둘기라 속여도 불티나게 팔린다고 해서 눈살을 찌푸렸다.

의약이 발달하지 못했던 예전 시절에는 폐병 환자들이 뱀, 개구리, 지네 등을 먹곤 했다. 몸에 좋다는 보신탕, 삼계탕을 먹는 것은 물론이고 더욱 놀라운 것은 살아 있는 곰에게 쓸개즙을 빼먹는 잔인한 행위도 번번하다고 했다. 그런 말을 들었을 때는 사람이 못 먹는 것은 뭣일까 싶기도 하고 꼭 그렇게까지 해야 건강을 지킬 수 있나 싶기도 해서 기분이 씁쓸했다.

3년 전인가 내 몸 열 손가락 끝에서 풍선 바람 빠져 나가는 소리가 들린 듯하였다. 깜짝 놀라 손목을 흔들었다가 조금 있으면 또 탱탱한 튜브에 공기 새는 소리가 들린다. 그리고 며칠 동안 뱃속이 텅 빈 느낌이 들며 허리가 펴지지 않고 밥맛도 없고 손발이 떨리곤 했다. 이러다가 원인도 모르고 죽겠구나 싶은 생각이 들어 비참하기도 했다. 이렇게 있으면 안 되지 하고 정신을 차리고는 아파트 정문 앞에 있는 부동산에 들어갔다. 그 집 어르신이 맥을 좀 짚을 줄 아신다고 얼핏 들은 것이 기억나서였다. 어르신이 날 보더니 대뜸 어디 아프냐고 내 팔목에 손을 대고 맥을 짚어 보고는 몸의 기가 다 빠졌다고 했다. 이대로 몸을 돌보지 않으면 큰 병이 든다며 보약을 먹으라고 했다. 나는 대뜸 돈이 없어 비싼 약을 어찌 먹느냐고 했다. 예전에 한약방을 해 본 경험이 있어 하는 말이라며 꼭 잘 챙겨먹고 몸 관리 잘하라고 부탁까지 했다. 그 말에 얼핏 머리를 스치는 것이 있어 집으로 돌아와 냉동실을 뒤졌다.

냉동실 맨 뒤에가 꽁꽁 묶은 까만 비닐봉지 하나를 꺼냈다. 언젠가 손님 대접하느라 보신탕을 사먹고 많이 남아 포장해 온 것이었다. 손가락 하나 까딱 할 힘도 없는데 꺼낸 봉지를 찬물에 넣고 해동 후 끓여 먹었다.

다음날 아침에 일어나니 웬걸 '이상하다 언제 기운이 없었나.' 할 정도로 기운이 팔팔했다. '아~이래서 사람들이 여름이며 몸이 지치고 큰 수술 후에는 영양탕을 먹으라고 하나보다' 했다.

하지만 아무리 좋은 보양식이라 해도 지나치게 먹으면 도리어 해가 된다고 했다. 보약도 도가 넘으면 한 평생 안고 갈 고질병 비만, 혈압, 당뇨가 찾아온다고 한다. 몸에 좋은 것도 적당이 먹는 것이 좋다했다. 그러니 계절 음식 잘 챙겨 먹고 뭐든지 제때 적당한 소식이 좋다고 했다.

예전에 어른들이 하신 말씀이 생각난다. 밥이 보약이라고 잘 먹고 잘 싸면 건강하다고 했던 말씀이 옳았다. 내 경험으로는 뭐니 뭐니 해도 서리태 콩이 참 좋다고 생각하고 늘 먹었다. 콩밥, 콩국수, 콩비지, 콩을 불린 후에 믹서에 갈고 우유와 쌀을 넣고 죽을 끓여 먹으면 여름 보양식으로는 그만이다. 제철에 나는 음식 챙겨 먹고 살아서 숨 쉬는 동물을 그만 죽였으면 하는 생각이 들었다. 건강을 위해 모두 제철 음식 특히 우리 땅에서 나는 신토불이를 애용했으면 좋겠다.

낙엽

느티나무를 옛 어른들은 당산나무라고도 하고 수호신, 액운을 막아 주는 나무라고도 했다. 그래서 웬만한 마을에는 수백 년 된 느티나무가 동네 한가운데 장군처럼 서있다. 자기 집을 과시하기 위해 든든하게 철망도 치고 문패도 달고, 생년월은 물론 주민번호까지 붙은 나무도 있다. 게다가 울긋불긋한 만국기를 온 몸에 걸고 건강하게 서 있는 모습은 위험 있는 장군 같다. 여름이면 그 잎 또한 장관이다.

그 잎은 마을에 얼굴이다. 건강하고 파란 잎은 흙과 뿌리로부터 영양분을 공급받는다. 나무의 몸을 불리고 키를 키우는 데는 햇빛은 물론 비바람, 어두운 밤까지도 큰 몫을 한다. 건강한 나무로 키우는 데는 여러 가지의 역할들이 하나 되어 수백 개의 나이테를 안겨준다. 그런데 나무는 가을 하늘이 높아지면 숨겨놓은 자물통을 꺼내어 영양, 수분통로를 차단하기 시작한다. 열심히 일을 하던 잎들은 나무의 속셈도 모른 채 점점 면역이 떨어지자 가착 없이 떨어진다.

이용만 당하고 버림받아 억울하고 분해도 힘이 없으니 아무 말도 못하고 소리 없이 눈물 훔친다. 엎친 데 덮친 격으로 찬 서리마저 내린다. 산속 나무에게 배신당한 낙엽들은 찬바람에 뒹굴지도 않고,

32

먼저 떨어져 있던 낙엽, 위에 조용히 누워 햇빛 이불 덮고 잠든다. 그래서 해마다 이맘때면 저 산속에 빽빽한 나무사이에 누워있는 낙엽들이 부럽다. 보도 위에 떨어진 낙엽의 처지는 전혀 다르다. 힘없이 누워 사람들 발에 밟힐까, 자동차 바퀴에 깔리지 않을까 노심초사하며 말없이 떨어야 한다.

사람들은 야속하게도 길 위에 수북이 쌓인 낙엽을 툭툭 찬다. 뭐가 그리 좋은지 신난다며 함성을 지르며 긁어모은 낙엽을 공중으로 날려 다이빙시키기도 한다. 잘근잘근 한 걸음, 두 걸음 발을 옮겨 뛸 때마다 바스락바스락 운다. 참다못한 낙엽은 아프다고 통곡하기 시작한다. 당신들 장난 놀이에 조금씩 분토된다. 후손을 위해 다 버리고 흙으로 돌아가자. 그것이 낙엽의 운명이고 우리 인생의 운명이기도 하다. 세상에 존재한 그 뭣도 영원하지 못하며 흙으로 돌아가 분토된다.

농부 예찬

하늘은 높고 산과 들판은 온통 황금빛으로 물들어 보는 이의 마음을 풍성하게 한다. 이리저리 둘러봐도 과일들이 주렁주렁 매달려 누렇게 익어 눈과 마음이 즐겁고 행복하다.

이러기에 가을은 농부의 계절, 결실의 계절, 천고마비란 말이 생겼나 보다. 농부들은 봄에 땀 흘려 논밭을 갈고 허리 펼 새 없이 일을 해서 땀 흘린 대가를 가을에 거둔다.

땅은 노력한 만큼 정직하게 돌려주는 것이다.

농부들이 하는 말이 생각난다. 밥 한 그릇 남을 줘도 퇴비 한 줌은 주지 않는다고……. 흙의 소중함은 농사를 지어보지 않은 도시인들은 모른다. 농부들은 손에 흙 한 줌을 들고 만져만 보아도 그 해 결실과 수확을 예측할 수 있다. 농부는 그만큼 흙과 더불어 한 몸이 되어서 살아가는 분들이다. 흙을 사랑하는 사람들은 그만큼 순수하고 마음이 깨끗한 분들이다.

가을에 농촌을 가면 저절로 발걸음이 멈추어지는데, 왜냐하면 논밭에서 누렇게 익어 주인을 기다리는 곡식이 있기 때문이다. 들판에 황금색으로 익어 있는 벼, 밭에 심어 있는 배추, 무, 울긋불긋하게 익은 고추 등 이런 것들을 보면 안타깝다. 애써 가꾼 곡식들 빨리 거두어 들여야 할 텐데 왜 저렇게 두나 싶은 마음이 든다.

예전에 농부들은 나들이 한 번 못 가며 일만 죽도록 하고 살았다. 그런데 지금 농부들은 일 열심히 하고 나들이도 잘 간다고 한다. 이제는 농사도 기계화가 되어 농부들도 일하기가 훨씬 쉽다고 했다. 그래서 지금은 농촌이 어설프게 사는 도시인들보다 더 잘 산다고 한다.

농부가 잘 살고 못 사는 것 상관없이 나는 농사짓는 것이 좋다. 어느 정도 기반이 잡히면 언젠가는 시골에 가서 살 생각도 했다. 흙과 더불어 순수한 사람들, 착한 마음을 가진 분들, 한 알의 밀알 같은 위대한 사람들, 땀 흘리며 마음을 살찌우는 사람들이 살고 있기 때문이다.

순수하고 자연과 함께 한 사람, 욕심 없이 흙을 사랑한 사람, 인간의 존엄성을 가진 사람들이 살고 있는 시골이다. 사람의 높고 낮음이 없는 분들이 있기 때문이다. 누구나 인간은 흙에서 왔다가 흙으로 간다는 것을 모르는 사람은 없을 것이다. 모두들 흙과 농촌을 사랑했으면 좋겠다.

당산나무처럼

잘 손질된 아름드리 당산나무가 떡 버티고 서 있는 마을은 왠지 든 든해 보이며 그 당산나무는 마을의 지주 같이 보입니다. 여름이면 잎을 펼쳐 마을 주민의 쉼터를 만들어 주곤 합니다. 그리고 주민의 사랑방 역할도 하고, 마을에 중심이 되기도 합니다. 어디 그뿐인가 요. 마음 약한 사람에게는 때로는 친한 친구도 되어 줍니다. 비 오는 날 우산이 되기도 하고, 시원한 그늘을 만들어 주기도 합니다. 그래 서 당산나무는 모든 사람에게는 포근한 어머니 품 같은 존재이기도 합니다. 비가 오나 눈이 오나 태풍이 불거나 세상을 둘로 갈라놓을 듯 한 우레가 쳐도 언제나 그 자리에 서있습니다.

나에게는 아주 신뢰하는 어떤 분이 계십니다. 당산나무처럼 든든 한 그 분을 보면서 많은 것을 배우게 됩니다. 언제보아도 그 자리에 10년 전이나 10년이 지난 지금이나 한결같이 든든하고, 만나보면 즐 겁고, 보면 볼수록 수호신처럼 또 보고 싶은 분이십니다. 그 분의 영 혼이 어찌나 맑고 깨끗해 보이는지 나의 거울로 삼고 싶습니다. 그 래서 이 분의 겸손과 지혜는 아마도 무게로 달기가 불가능하리라 생각합니다. 그 자리에 언제 조용히 있어도 겸손함과 지혜로운 향이 풍겨서 주변을 기분 좋게 만드는 분이라 생각합니다. 그래서 마을 사람들이 당산나무에서 삶의 지혜를 얻고 삶의 힘을 얻는다고 생각을 합니다.

보면 볼수록 아름답고 마을 지키는 수호신처럼 그 자리에 가만히 있어도 사람들은 한 사람 두 사람 다가갑니다. 그래서 나는 이 분을 보면서 많은 것을 배울 수 있기에 형님을 사랑하며 당산나무와 하나로 묶어서 생각했습니다.

기억에 남는 스승

"교수님 보고 싶어요, 건강은 좋으세요?"라고 했습니다.

"이제 많이 좋아졌습니다. 조만간에 사무실에서 뵙지요."하셨습니다. "아 참, 시 공부는 잘하고 있지요?" 하시며 이 사람 저 사람 안부를 묻곤 했습니다. 저희들 아직 시 공부 못하고 있다는 말을 듣자 "이거 무슨 말이요 그때가 언젠데 지금까지 공부를 안 한단 말이요." 하시며 역정도 내습니다.

교수님께서는 금방 달려와 우리 앞에서 시를 쓸 때는 관념, 신세 한탄을 많이 쓰면 그게 어디 시냐고 하시며 그게 바로 잘못 쓰는 시라고 하실 것 같습니다. 그토록 열정을 다해 시를 가르치며 빙그레 웃음 짓고 제자 들을 바라보시며 흐뭇해 하셨습니다.

교수님을 처음 뵌 곳은 코리아 문학 시 창작교실이었습니다. 우리 회원들은 한 주, 두 주를 지나며 그 분의 깔끔한 성격과 교수님의 시 한 편, 한 편에 담긴 가슴을 울리는 시어를 접하며 그 분을 존경하게 되었습니다.

교수님의 가르침은 시간이 지날수록 물속에서 빛이 강하게 나는

38

금빛 같았습니다. 어찌 보면 조금은 냉정한 것 같으면서도 내면은 부드럽고 깨끗한 흰 박 속 같으신 분이었습니다. 아프신 중에도 제자들을 잘 다독이며 칭찬도 아끼지 않으셨고 반면에 잘 못하면 호된 질책도 아끼지 않았습니다.

어느 날 수업을 끝내고 '아무래도 이번 주는 쉬자'고 하시곤 더 이상 우리 앞에 서지 못하셨습니다. 제자들에게 암과 싸우면서 흐트러진 모습을 보이기 싫어서 문병도 못 오게 했다고 합니다.

우리는 교수님의 깊은 뜻도 모르고 전화를 잘 안 받아 주기 때문에 문병가도 되는 줄 알고 암에 좋다는 음식을 만들고 어떤 제자는 이백년 된 상황 버섯을 달여서 들고 갔습니다.

집 주소를 물어 물어서 겨우 집을 찾아 현관 벨을 눌러도 문을 열어 주지 않아 들고 갔던 음식들을 문밖에 두고 결국 돌아섰습니다.

그렇게 편찮으신 중에도 코리아 문학 시 누리 제자들 걱정을 했다고 하십니다. 그래서 이혜선 문학 박사, 평론가이자 시인님께 당신 제자들을 부탁 하셨다고 합니다. 그런데도 우리들은 공부를 하지 않고 교수님께서 돌아오기를 차일피일 기다리고 있었습니다. 세상에 글을 얼마나 좋아했으면 항암치료 받으러 가시면서도 두꺼운 책을 가지고 가서 읽으셨다고 합니다.

당신이 알고 있는 시를 배우고자 한 사람에게 한 줄이라도 더 알려 주고 가야 한다고 하셨던 기억이 내 마음 속에 생생합니다.

본인이 긴 잠이 들기 전 온몸에 힘이 다 빠져 운명 직전까지도 가족에게 시를 불러 주면서 받아쓰라고 하셨답니다.

저보고 가장 존경하는 분을 말하라면 물론 동부 밑거름학교 선생님들이라고 말할 수 있습니다. 그러나 가장 기억에 남는 선생님을 말하라면 마음 깊이 남아 있는 분, 시를 가르쳐 주신 김용오 교수님을 말 할 수 있습니다. 그렇게 말하면 다른 분들은 안중에도 없다는 뜻이냐고 하겠지만 전혀 그 뜻은 아닙니다. 교수님께서는 아픈 몸에도 불구하고 당신 죽음을 알면서도 웃고, 더 빨리 시를 다 가르쳐주고 가야한다며 재촉하셨습니다. "샘물을 나와 함께 마십시다." 하신 모습이 내 기억에 아주 깊이깊이 남아 있습니다.

교수님! 서둘러 가신 그곳에서 활짝 웃으며 이승에서 못 다 쓰신 시를 원도 한도 없이 쓰시리라 생각합니다.

동부 하루주점

"안녕하세요? 수고하십니다."

그렇게 인사를 하고 정돈이 잘되어 있는 탁자와 폭신폭신한 소파에 앉았습니다. 날개 없는 천사들이 곱게 단장을 하고 앞치마까지 단정하게 두르고 주방에 대여섯 명이 쭉 서 있습니다.

우리 동부 밑거름학교에서는 해마다 좋은 곳에 쓰기 위해 호프집을 빌려서 하루주점을 엽니다.

주방에 고운 천사 어머님들은 음식을 준비하기 위해서 바쁘신 중에도 몇 사람씩 조를 짜서 순번대로 돌아가면서 음식을 맛깔스럽고 감칠맛 나게 만듭니다.

소외된 분들, 생활이 어려워서 방과 후에 갈 곳이 없는 아이들, 살기 위해 배움을 뒤로 한 분들, 학원을 다니지 못한 아이들에게 글을 가르치고, 점심을 먹여야 하는 곳입니다. 그래서 동부 밑거름 학교에 모여서 어른부터 아이들까지 추운 겨울에 글을 배우려면 첫째, 교실에 난방이 잘되어야 하고 둘째, 동부 지킴이들 마음이 따뜻해야 한다는 신념으로 주점을 열곤 합니다.

지금까지 무슨 말을 하려고 서론을 늘여 놓았느냐고요?

이제부터 동부 밑거름학교 지킴이, 날개 없는 천사님들이 나 아닌 다른 사람을 돕기 위해서 어떻게 일을 하는지 말해볼까 합니다. 동부 지킴이들은 좋은 대학을 나와 학교 교사로 재직하는 이들도 있고 교사 자격증을 가진 이도 있습니다.

그뿐만 아닙니다. 대학 강의를 했던 분, 정년퇴임을 하신 분도 계십니다. 이런 분들이 소외된 사람들을 돕겠다고 한 분, 두 분 발 벗고 모여 자신도 배웠으니 배운 것을 다른 분들에게 돌려주어야 한다며 주간 또는 야간에 글을 가르치기도 하고, 힘든 봉사를 하기도 합니다.

선생님들만 있다고 동부가 운영이 되는 것은 아니고 가장 필요한 것은 개도 물어 가지 않는다는 '돈'입니다. 그 놈의 돈이 없으니 회원들 후원금으로는 부족하여 몇 번 문을 닫은 일도 있었습니다. 그때마다 뜻을 포기하지 않고 뜻이 맞는 젊은 선생님들이 손에 손을 잡고 다시 세웠다고 합니다.

딱히 후원자도 많지 않아 지킴이들은 9월에 헌 옷가지를 모아 뚝섬에 가서 팔기도 합니다. 옷을 죽기 살기로 팔아 봐야 추운 겨울에 한 달 땔 난방비도 안 됩니다. 그래서 언제부턴가 하루주점을 하기 시작했는데 우리 선생님들이 너무 힘이 듭니다. 아마도 자기 일을 그렇게 하라면 할 수 있을까 싶어지기도 합니다. 하지만 동부 선생님들은 좋은 일이라면 물불을 가리지 않고 여기 저기 가서 좋은 일에 쓰겠다며 기업에 연락해 협찬 받기도 합니다. 어떤 선생님들은 주점 행사 때 사용할 티켓을 날밤을 새워 만들고, 티켓이 나오면 또 다른 선생님들은 외부에 팔기 위해 나서기도 합니다.

춥고 어두운 곳에 쓰겠다고 모두가 발 벗고 나서는 판에 나도 구경만 할 수 없어서 표를 들고 맨 먼저 코리아 문학 회장님께 말씀을 드렸더니 기쁜 마음으로 사주셨습니다.

그리고 회장님께서 동부에 오시고 난 뒤에 동부 사람들은 나쁜 사람들이 없다고 칭찬을 아낌없이 해주셨습니다. 그 칭찬에 힘을 얻어 창피를 무릅쓰고 뻔뻔하게 좋은 곳에 쓰겠노라고 자신 있게 표를 팔았습니다. 어떤 분들은 내년에 꼭 사주겠다고 말해달라고 하는 분도 있고 어떤 분은 좋은 일 하려면 자기에게나 하라며 면박을 주는 분들도 있었습니다. 그런 말을 들을 때는 기분은 씁쓸하지만 그래도 마음 한구석은 흐뭇하기도 했습니다.

드디어 2010년 10월 20일, 동부 하루주점 날입니다. 설레기도 하고 초조하기도 했습니다. 한양대 앞에 있는 한양호프에 들어서니 모든 준비는 완벽하게 되어 있었습니다.

이제 손님들이 많이 오기를 바랄 뿐인데 생각보다 손님들이 많이 오지 않았습니다. 내심 걱정이 되었는데 그래도 늦은 오후부터는 사람들이 서운하지 않을 정도로 왔습니다. 주점에서 팔린 수입 중 지출을 제한 이익금은 추운 겨울 방학 때 공부방 아이들 점심, 간식, 교실 난방비로 사용합니다.

이런 일을 하기가 어디 선생님들만으로 되겠습니까? 그 뒤에 날개 없는 천사 어머니들이 있기에 좋은 일을 할 수 있습니다. 내년, 후년에도 주점 티켓 팔아야 합니다. 이만하면 외부에다 자신 있게 좋은 곳에 돈 좀 쓰시라고 말 할 수 있을 것 같지요?

동부 밑거름학교 설립자이신 남상욱 선생님과 함께 학업에 매진하던 시절

방학 계획

방학을 맞으면 여러 가지 계획을 세워 놓고 꿈에 부풀곤 한다. 첫째, 방학을 하면 모자란 잠을 3일간 자두자. 두 번째, 가고 싶은 곳에 가서 일할 때 쌓인 스트레스를 확 풀고 깨끗한 녹음의 공기로 재충전하고 집으로 돌아온다. 세 번째, 조용히 책도 읽고 못한 공부도 해야지. 그렇게 그럴싸하게 계획을 세워 놓고 설렌 마음으로 방학을 맞는다.

그러나 그토록 기다리고 기다린 방학을 하면 방학 동안 할 계획은 온데간데없고 남는 것은 후회뿐이다. 작심삼일에 언행일치를 못한 것이 생각하면 생각할수록 부끄러워진다. 그러다보니 앞으로 나한테 방학이 몇 번이나 찾아 올 기회가 있겠는가 하는 생각이 들었다. 그래서 이번 방학은 꼭 뜻있고 의미 있게 보내야지 하는 결심을 했다.

이번에는 지난 스물 한 번의 방학처럼 보내지 않기 위해서 철저하게 준비를 했다. 나 자신과 약속을 지키기 위해서 하나하나, 한 가지, 한 가지 실천해 가기 시작했다.

계획했던 것처럼 잠도 실컷 자고 나니 머리가 맑아지는 느낌이다.

외롭고 쓸쓸한 보성의 김 노인한테도 가서 임도 보고 뽕도 따자는 생각으로 맑은 공기도 마시고 잘 쉬었다. 그리고 평소에 읽지 못한 책을 내 나름대로 열심히 읽었다. 책속의 간접적인 체험이지만 넓은 세상을 접하다 보니 나눔의 집, 사랑의 집 우리 동부 밑거름학교가 너무 감사했다. 동부 학교 날개 없는 천사님들이 바쁘신 중에도 사명으로 생각하고 실천하신 선생님들이 너무 고맙고 감사하다는 생각에 머리가 숙여진다.

아주 작은 일이지만 자신과 약속을 이행했다는 마음에 뿌듯하다. 그런 마음을 아마 경험해보지 않는 사람들이야 알지 못할 것이다. 그렇게 2007년 방학은 내 인생에 참으로 의미 있는 나날이었다. 지나간 많은 방학 중에 뜻있고, 의미 있게 보낸 것이 아마도 처음이라고 생각되었다.

이번에는 영어 철자법이 틀린 글자를 연습하려 했는데 못해서 아쉽다. 그래도 다른 계획은 실천을 해서 그런 대로 위안이 된다. 이제부터 그때그때 자신이 할 만큼만 계획해서 실천해야겠다고 다짐해 본다. 자신과 약속을 실천하는 습관을 가져야 하는 생각을 한다.

벚꽃 단상

5월 2일.

하나 둘 피기 시작한 벚꽃을 자세하게 보았다. 아직 꽃을 맞을 준비도 못했는데, 뭣이 그리 바빠서 봄바람이 불자마자, 파란 잎이 돋기도 전에 달려와 살짝 펴 웃고 있는 꽃을 보니 뜬금없게도 벚꽃이 참 이기적으로 느껴졌다. 잎과 꽃이 더불어 피고 지면 참 행복할 텐데 저밖에 모르는 벚꽃이다. 며칠 후 만개한 꽃은 또 왜 저리도 슬퍼 보이는가. 수명이 짧아서 슬픈 건지도 모르겠다. 벚꽃은 잎이 오기 전에 도둑처럼 흔적을 남기지 않으려고 서둘러 떠날 준비를 한다.

5월 4일.

이슬에 젖은 꽃잎은 땅 바닥에 우수수 떨어져 딱 붙어 미화원 아저씨가 쓸어도 쓸리지 않는다. 너무 짧은 수명이기에 떠나기 싫은 미련 때문인가 보다.

5월 5일.

아침 꽃이 진 빈 자리에 파란 아기 잎이 손을 흔들며 '나 왔어요' 한다. 꽃과 잎이 따로 노는 벚나무가 안쓰러워 안아주며 다독였다. 잎은 무성히 자라 살벌하고 따뜻한 가슴이 없는 요즘처럼 메마른 오뉴월 뙤약볕에 시원한 그늘을 만들어 오고가는 사람들에게 쉼터로 봉사할 것이다.

비 온 뒤에

깊은 잠을 자고 아침에 일어나 보니 비가 조용히 내리고 있다.

어떤 일이 있어도 일주일에 한번 토요일에는 걷기 운동을 한다. 그런데 밤부터 봄비가 촉촉이 내려 운동을 포기했다. 그리고 피곤이 풀리지 않아서 잠이나 조금 더 자기로 마음을 먹고 이불 속으로 쏙 들어갔다. 잠이 오지 않아 한참을 뒤척뒤척 하고 있을 때 친구한테서 전화가 걸려왔다. 내용은 비가 그쳤으니 운동을 가자고 하는 것이다. 일주일에 한 번 하는 운동이라서 최소한 2만보를 걸어야 하는데 걷기 도중에 비라도 내리면 곤란하기에 단단히 준비를 했다. 그리고 집을 나서서 빠른 걸음으로 걸으며 되도록이면 한 발이라도 더 멀리 돌아서 걸었다.

아마 한 시간쯤 걸었을까. 길옆에 쑥이 파릇파릇 방긋 웃어 보인다. 따뜻한 햇볕을 받으며 들판 비닐하우스에서 상추와 열무가 아주 예쁘게 자라고 있다. 목적지 농협대학을 목전에 두고 허브 랜드 농장에 들렀다. 그리고 허브차도 마시며 잠시 쉬어서 각종 허브 향과 꽃을 구경하고 또 걸었다. 드디어 우리의 종착역 대학 정문가지 와서 여러 가지 나무 향을 마시고 오던 길을 되돌아 걸었다.

집으로 가는 길에 골프장을 끼고 도는 순간 파랗게 영글은 호박 하나가 땅에 떨어져 주인을 기다리고 있다. 저렇게 땅에 있으면 상할 것 같아 아깝다는 마음에 옆에 있는 나뭇가지를 들고 호박을 굴려서 철조망 밖으로 꺼냈다. 꺼낸 호박을 머리에 이고 두 손을 놓고 빠른 걸음을 걸으니 오고 가는 사람들이 신기해 보이는지 모두들 쳐다본다. 등에 땀이 촉촉하게 나도록 걷다보니 옆에 커피 자판기가 보인다. 여기서 친구와 커피를 마시고 집으로 와서 집안 대청소를 하니 기분이 상쾌하고 개운하다.

봄비 한 줄기에
땅 속에서 연한 새싹들이
흙 밖으로 예쁘게 방긋 웃는다.

봄비가 내리고 나니
나뭇가지에 새싹이 파릇파릇
연한 녹색을 자랑해 보인다.

겨울잠을 자는
모든 식물들을 깨우려고
봄비는 소리 없이 촉촉이 내리며
대지를 적신다.

예배당과의 첫 만남

아마 1957~8년도 쯤의 음력 8월 중순 정도로 기억된다. 그때 처음으로 우리 동네에 젊은 여전도사가 들어왔다. 예수 믿는 사람은 거의 없는 마을이었다. 그런데 여전도사님은 이장네 집 마당을 빌려서 예배를 보기 시작했다.

하루는 동네 확성기에서 '예수 믿고 천당 가십시오.'하면서 이장댁으로 오셔서 전도사님 설교를 들어보라고 했다. 마을 사람들은 호기심에 모여들기 시작하며 순식간에 마을사람들은 많아졌다.

그때 내 나이가 14살인지 15살인지 잘 기억은 안 나지만 나는 열렬한 주일학생이었다.

신자들도 있고, 청년들도 있고, 주일학생도 있으니 이제는 예배당이 있어야 한다면서 설교 시간이 끝나고 이장님께서 광고를 했다. 그 다음 어느 신자분께서 예배당 지을 땅을 내놓았다. 그리고 어떤 사람들은 목재를 내놓고, 또 어떤 분들은 서까래를 맡았고, 벽돌을 맡은 사람들 등등이 나왔다. 달밤이면 남자, 여자, 주일학생 할 것 없이 예배당을 짓는데 필요한 것은 모두 나서서 울력을 했다.

그때 어린 나이이지만 예수 믿는 생활이 너무 좋아서 하루하루가 천당이었다. 그런데 이게 웬일인가. 하늘에서 날벼락이 떨어진 것이다. 우리 아버지께서 예배당은 연애당이라고 못 다니게 했다. 예배당을 못 가게 된 나는 일요일 예배당 종소리가 울리면 눈물이 어찌나 나는지 참 많이 울었다.

우리 아버지께서는 당신보다 약하고 불쌍한 사람에게는 어른부터 아이들한테까지 잘하시고 돌보는 분이었다. 그런데 오직 자식들한테 많이 엄하고 무섭고 지엄하시며 높은 산 같은 분이셨다. 그런 아버지께서 어느 날인가 몸져눕게 되어 참으로 암담하여 하늘만 바라보며 울기만 했다. 병원 의사들도 집으로 가라고 하니 어머님은 이제 우리 집은 망했다고 하셨다. 다급하면 지푸라기라도 잡는다는 말이 있듯이 어머님은 점쟁이 집을 찾아갔다. 어머님이 마루에 앉기도 전에 "당신 여기 앉아 있을 시간 없으니 빨리 집에 가서 예수 믿는 사람이 둘이 있으니 예수 믿지 말라고 하세요. 그리고 밥을 지어서 조상께 빌 준비가 되면 나를 부르세요."하는 것이다. 어머니께서 나를 부르며 큰어머니도 함께 호출을 하셨다. 어머님 하신 말씀은 아버지를 살릴 것인지, 예수를 믿을 것인지 둘 중에 하나를 택하라고 하시는 것이다. 큰어머니도 나도 하늘이 노랗다.

'하나님, 나 예수 믿게 해주세요.'하며 떼를 쓰고 울면서 기도를 했다. 그런데 큰어머님께서 나를 부르는 것이다. "옥임아, 우리 교회 나가는 것을 잠깐 미루자." 하신다. 그리고 "아버지 병을 고쳐 놓고 우리 다시 교회 나가자." 하신다.

우리가 예수를 믿지 않겠다고 하자 어머님께서는 무당을 데려다가 밥을 짓고, 나물을 무치고 해서 그럴싸하게 차려 놓고 무당이 조상께 비는 것이다.

그런데 이게 웬일입니까. 정말 귀신은 있는 것인지 동네가 떠들썩하게 아프셨던 분이 거짓말 같이 나으셨다. 그런 일이 있고 나서는 우리 집에서는 예수의 '예'자도 말을 못하게 되어다. 전도사님 딸이 나하고 친했는데 그 친구도 우리 부모님이 계실 때는 오지 못했다. 그렇게 나는 열심히, 열심히 예배당을 짓고 나서는 교회를 다니지도 못했다.

전도사님은 우리 마을 사람들을 위해서 많은 공을 들이고, 눈이 오나 비가 오나 심방하고 웃으면서 '예수 믿으세요. 그러면 마음의 즐거움이 있습니다.' 하셨다. 그러는 순간에도 교회는 날로 날로 번성해가고 마을 사람들은 젊은 전도사가 없으면 안 되는 것처럼 우뚝 선 우상 같은 존재가 돼 버렸다. 동네 사람들은 날로 예배당으로 밀려오는데 나는 하늘만 바라보며 속으로 나도 빨리 교회로 나가게 해달라고 기도했다. 한번은 너무 예배드리고 싶어서 부모님 몰래 예배당으로 갔다. 그 어린 나이에도 얼마나 울면서 기도했는지 우리 부모 예수 믿게 해달라고 한없이 운 일도 있었다.

부모님을 속이고 예배당을 갔으니 집으로 올 일이 큰 걱정 아닐 수 없다. 그래서 나는 생각다 못해 큰어머니를 모시고 집으로 갔으나 여지없이 날벼락이 떨어졌다. 더 이상 부모님 마음을 상하게 할 수 없어서 잠시 쉬기로 마음을 먹었다. 신앙심 보다는 아버지에 대한 무서움이 더 컸던 어린 시절이었다.

위험한 하루

2008년 5월 14일. 16년이나 원생들을 귀가 지도하면서 그날처럼 숨이 멎는 것처럼 놀란 일은 없었다. 오후 2시, 아이들을 태운 버스가 출발을 했다. 늘 하던 대로 아이들을 태우고 이 골목 저 골목 누비고 다니면서 한 명, 한 명 집 앞에다 내려주며 "우리 공주님, 사랑해요. 내일 봐요." 하다 보니 즐겁게 첫차가 끝이 났다. 두 번째 차에 아이들을 또 태우고 여전히 "사랑해요, 우리 왕자님" 하면서 아이들과 장난치며 데려다주었다.

한 아이를 내려주면서 집으로 곧장 가라고 부탁을 하며 손을 잡아 내려주었다. 아이들은 서로에게 손을 흔드는데 이 아이가 뒷걸음으로 걸으며 "잘 가! 내일 봐." 했다. 그 때, 뒤에서 이삿짐차가 속도를 줄이지 않고 달려오는 것이었다. 스쿨버스 차문은 이미 닫힌 상황에서 아이를 계속 바라보고 빨리 가라며 소리치는 순간, 그 아이가 뒤에 오는 이삿짐 차 범퍼 밑으로 넘어졌다. 천만다행으로 트럭은 급정거를 했고 그 순간 나도 모르게 큰 소리로 비명을 지르듯 "문 열어요!" 하면서 뛰어갔다. 정신없이 넘어진 아이 얼굴에 내 볼을 대고 비비며 안도의 눈물이 쏟아졌다. 다행히도 아이는 다친 데가 없었

54

다. 얼마나 놀랐는지 심장이 떨어지는 것 같았다. 그 자리에 꼼짝도 할 수 없어 앉아있는데 세원이는 "선생님? 나 괜찮아요!" 했다. 주변에서 본 사람들이 놀란 가슴을 쓸어내리며 오늘 이 아이를 하늘이 도우신 것이 틀림없다고 했다. 그 말을 들으니 정말 하나님께서 지켜주신 것 같은 생각이 들었다.

아이 어머님은 오히려 박 선생님이 자기보다 더 놀랐다며 자기가 아이를 빨리 데리러 못 온 불찰이라고 했다. 그도 그럴 것이 어머님은 아이가 차 밑으로 쓰러진 것을 보지 못했으니 나보다는 덜 놀랐으리라 생각했다. 어머니에게 어린애가 놀랐으니 병원 가서 주사라도 맞혀주라고 말했다.

또 다른 아이들을 데려다 주려고 차 속도를 높이고 달렸다. 1차, 2차, 특강까지 끝내고 사무실에 들렀다. 아이 담임 선생님에게 오늘 일어난 일을 상세히 말하고 세원이 어머니에게 전화하라고 했다. 그리고 나는 퇴근길 전철에서 전화를 걸었더니 아이가 받았다. "아가, 너 괜찮니? 머리는, 배는, 안 아파?"하며 정신없이 물었다. 놀란 뒤라선지 아이 목소리를 들으니 또 눈물이 쏟아졌다. 통화내용을 옆에서 듣고 어머니가 "선생님 많이 놀랐지요? 전화까지 주시니 고맙습니다!" 했다. 씩씩한 아이의 음성을 듣고 나니 그제야 마음이 가라앉았다.

그날 얼마나 놀랐던지 온 몸이 너무 아파서 끙끙 앓다가 뜬 눈으로 아침을 맞았다. 뜻하지 않은 신경을 쓰고 나니 몸이 기가 다 빠져 기운이 없었다. 그래도 교회 가서 아이들 위해 이렇게 기도 했다. 하나님! 우리 유치원 애들 살펴주셔서 감사합니다! 라고 했다. 그 후로는 조그마한 일에도 심장이 뛰곤 한다.

사람이 살면서 가슴 서늘한 일은 절대 있으면 안 된다는 생각을 그때 했다. 그렇게 놀란 일이 있을 때는 사람의 간이나 심장이 세 개나 네 개쯤 더 있으면 좋겠다는 어이없는 생각도 해보았다.

독서일기
– 서진규, 나는 희망의 증거가 되고 싶다

날씨가 요즘 들어 선선해서 책을 읽기에는 참으로 좋은 계절이다. 가을 하늘을 바라보며 선들선들한 바람을 가르면서 책 한 권을 들고 체육공원으로 갔다. 책 제목은 『나는 희망의 증거가 되고 싶다』란 것이다. 제목이 마음에 들어서 머리글을 읽기 시작하는데 자그마한 글씨로 써 있는 소제목을 보니 '가발공장에서 하버드까지'란 것이다.

책을 읽기 전에 나 자신과 약속을 하고 읽어야겠다는 마음으로 쪽수를 확인했다. 쪽수는 자그마치 320쪽이다. 그런데 과연 5일 동안에 이 책을 다 읽을 수 있을까 하는 생각이 들었다. 그러나 마음먹으면 못할 것도 없지 하면서 열심히 읽기 시작했다. 약속대로 책을 5일 안에 다 읽었다. 그런데 책을 읽는 순간순간 깜짝 놀라지 않을 수가 없었다.

1948년 경남 동래군 어느 어촌에서 태어난 서진규란 여인이 책 속의 주인공이다. 그녀는 가난이 싫어서 미국으로 이민을 갈 결심하고 돈을 벌기 위해서 가발공장에서 가발을 만들다가 신세한탄도 했단다. 스무 살 어린 나이에 오직 희망을 위해서 미국으로 갈 결심을 하고 이를 깨물며 일을 했다고 한다. 이민을 신청한 지 일 년 만에 여권이 나와서 식모살이를 하면서 살 곳을 미리 마련 해 어린 나이에 단돈 백 불을 가진 채, 미국으로 떠났다고 했다.

그런데 그녀는 다행히 참으로 운이 좋은 사람이란 생각이 드는 것이 하는 일마다 승승장구했다고 한다. 그리고 미국에서 식모살이, 식당 서빙 등 이것저것을 하면서 대학에도 입학하고 공부도 잘 했단다. 어디 대학뿐인가. 둘째 아이가 유산된 지 20일 만에 미군에 입대해서 고국인 한국에 파견 근무도 했다고 한다. 군 생활 역시 잘하며 사회생활도 승승장구하면서 미군 대장, 참모총장들한테 인정을 받는 여군이라고 했다. 그런데 잘 나가던 군 생활도 힘든 고비가 있었다고 한다. 두 번의 결혼과 이혼을 하면서도 씩씩하게 용기 잃지 않고 훈련을 잘 받아 하늘에 우뚝 선 새벽별이 되었단다.

그저 가난이 싫어 이민을 갔던 그녀는 수많은 고생을 하면서도 희망을 잃지 않고 오직 앞만 향해 뛰었다고 했다. 그렇게 살다보니 희망도 이루고 부모에게는 세상에서 가장 효도하는 딸이 됐다고 형제들이 칭찬을 많이 했단다. 그리고 마흔 중반 나이의 딸과 함께 두 모녀는 나란히 하버드 대학생이 되었다. 서진규 씨는 박사학위를 받기 위해서 젊은 사람들보다 두세 곱은 노력했다고 한다. 인내는 쓰고 열매는 달다는 말이 서진규 씨에게 적절한 표현인 것 같다. 마흔 중반이 넘은 나이에 하버드 박사학위를 받아서 지금 교수로 재직 중이라고 한다.

나는 이 책을 읽으면서 순간순간 마음이 아프고 눈물도 나고 불쌍한 생각도 들면서 부럽기도 했다. 삼 백 페이지가 넘는 책은 뼈에 사무치고 살이 찢어지는 것처럼 감명 깊었다.

서진규란 여인의 삶을 읽으면서 나의 삶을 돌아보게 되는 것이다. 나도 20대 초반이라면 무한한 도전을 해보고 싶은 마음이 든다. 그러면서 주경야독을 하는 나를 돌이켜보니 아무 것도 이룬 것이 없다. 비록 나에게 주어진 시간이 얼마나 남아 있는지 몰라도 열심히 공부해서 희망을 잃지 않고 살리라 다짐을 해본다.

'참으로 진규 씨, 훌륭합니다. 그 용기 본받고 싶습니다.'

현대판 고려장

홀어머니를 모시고 사는 한 남자분이 하소연을 한다.

"사람들은 남의 말이라고 입버릇처럼, 참 잘도 하지요. 요즘같이 좋은 세상에 즐겁게 살다가 내 발로 걸어서 요양원으로 가겠다고 입찬말들을 하지요."

우리 어머니도 한 때는 하기 쉬운 말을 거침없이 남들에게 했다. "요양원에 가면 요양보호사가 친절하게, 호칭도 어르신, 어르신 하는데 얼마나 좋으냐."며 입바른 말을 해댔다고 했다. 3년 전까지만 해도 어머니가 어르신들한테 "요양원으로 가면 되지, 자식 힘들게 웬 고집이냐."며 심한 말을 했단다.

그러던 분이 2년 뒤에 치매란 몹쓸 병에 점점 폭력적으로 변한다 했다. 어머니를 요양원으로 모시려고 하니 절대로 가지 않겠다며 고함을 지르며 울고불고 했단다. 또 "내가 늙어서 이런 대접 받으려고 억순이 같이 일하면서 안 먹고 안 입고 너희들 키운 줄 아느냐."며 펄펄뛴다고 했다

그 분의 어머니는 서른다섯에 홀로되어 가진 것 없이 오남매를 키

웠다고 했다. 그런 생각하면 어떻게 요양원으로 보내겠냐며 아들은 눈물을 훔치더니 말을 이었다. 그 말을 들으니 콧등이 찡하고 마음이 아팠다. 그 분의 어머니 모습이 곧 나란 것을 알려주는 메시지였다.

처음에는 남들 시선도 있고 해서 모시는 데까지 모시려고 했단다. 1남 4녀 중 아무도 어머니 한 분을 모시려하지 않는다며 긴 한숨을 쉬었다. "아들인 내가 모셔야지 하고 생각의 생각을 해도 날로 심해지는 치매에, 대소변이라도 못 가리게 되면 어쩌나 싶어 앞이 캄캄합니다."한다.

옛날이야기 중에 어머니를 고려장 하려고 산속 길을 가는 중에 등에 엎힌 어머니가 아들이 집으로 돌아오는 길을 잃을 까봐 솔가지를 꺾어 표시를 했다는 이야기가 있다.

지금은 그때 고려장과는 다르다고 생각했던 것이 아무래도 잘못 알고 있지 않나 싶었다. 그 어머니가 요양원에 안가겠다고 노발대발할 만 하다고 생각한다. 막상 요양원이나 요양병원에 가보면 눈살이 찌푸려질 때도 있고 눈물이 날 때도 있다. '정말 여기 오지 않고 자식 고생 안 시키고 간다면 그건 하늘의 축복이야.'하는 말이 나도 모르게 나올 때도 있다.

그러나 "남이 가면 꽃길이고, 자신이 가면 가시밭길이고 지옥이라고 할 것이 분명하지요. 텔레비전에서 나쁜 것만 방영했으니 능히 안 가고 싶고 겁도 날만하지요."한다.

인지능력은 점점 떨어져 아이가 되어가는 어머니를, 아내도 없이 칠십이 지난 나이에 어떻게 해야 좋을지 모르겠다며 눈시울을 적셨다. 옆에서 듣자니 남의 일 같지가 않았다. 그 이야기를 듣다가 너무 마음이 아파 "어르신을 달리 도울 방법이 없을까요?" 물었다. "아닙니다! 이렇게 모자란 이야기를 들어주셔서 조금은 위안이 됩니다!" 한다. 그러고 나서 어머니 점심 차려드린다고 그분은 일어섰다.

우리나라, 대한민국이 노인의 천국이라고 말들 한다. 하지만 그늘 진 곳에 도움을 받아야 할 노인이 노인을 모셔야 하는 비극 중에 비극이 숨어있다. 앞으로 100세니 120세니 하는 고령화시대의 큰 숙제를 어찌 풀까 싶다.

2부

전화 한 통의 행복

나 먼저 낮아짐

"새댁? 나도 목소리가 커서 남들한테 오해를 많이 받는데 말투가 왜 그래?" 그렇게 말해 놓고는 몹시 기분이 꿀꿀해 마음이 쓰리고 아팠다.

조그마한 집 하나를 세를 놓고 사는데 이사 올 때 얼굴 보고, 이사 갈 때 볼 뿐이다. 세 들어 사는 새댁에게 내가 전화 통화 한 말이었다. 김유정 문학관에 갔다가 돌아오는 길에 세입자 새댁이 물이 샌다면서 전화를 걸어왔는데 반말 투였다. 그때 생각만 하면 지금도 얼굴이 화끈거린다. 어른 노릇하기가 그만큼 힘들다고나 할까.

심적 부담이던 평가 시험도 끝나고 홀가분한 마음으로 짧은 여름방학 찜통더위를 어찌 보낼까 내심 걱정이었다. 그때 동부밑거름학교에서 나오는 새물내 교지에 실을 글을 써달라고 해서 뭣을 써야하나 걱정 아닌 걱정을 하던 차였다.

7월 26일 방학을 하고 27일 토요일 날 아는 지인의 초대로 춘천에 가서 김유정 문학관과 김유정, 생가를 돌아보면서 많은 생각에 젖었다. 과연 나라면 호랑이보다 더 무서운 가난을 참고 글을 썼을까, 아마도 생각지도 못 했을 것이다.

소설 〈동백꽃〉, 그 외에 여러 명작품을 남기고 젊은 나이에 세상과 이별한 것이 너무 마음 아팠다. 춘천에서 전철을 타고 집으로 오던 길에 세입자에게 전화가 걸려왔다. 아랫집으로 물이 샌다는 것이다. 알겠다며 집에 가는 길에 들러보고 전화하겠다고 했다.

물이 샌다는 집에 가서 보니 정말 화장실 천장에서 물이 새고 있었다. 새댁한테 전화를 했더니 아이가 아파서 병원이라며 집에는 아무도 없다고 했다. 급한 마음에 시공사를 불렀다. 일을 할 사람과 세입자와 시간이 맞지 않아 일을 할 수 없다고 했다. 현관 벨을 눌러도 문을 열어주지 않아 공사를 할 수 없다고 했다. 하루라도 빨리 새는 곳을 찾아서 고쳐 줘야 하는데 속이 가랑잎 타듯 바짝바짝 타들어갔다. 생각다 못해 물이 샌다는 집에 가서 "미안해요, 되도록 빨리 고쳐 드릴게요." 했다. 그리고 한 걸음에 새댁 집으로 뛰어 올라가 현관 벨을 눌러도 인기척이 없어 돌아설 무렵 문을 열어주었다.

"아이고! 새댁? 아기는 좀 어때요? 어제 병원이라더니 밤에 왔어요?"

숨도 고르지 않고 물어 보았다. "시공사가 새댁이 문을 안 열어 줘서 일을 못 한다고 하네요." 대뜸 새댁이 하는 말이 "왜 전화를 안 했어?"하고 반말을 하며 일주일이나 십일 전에 연락하라 했다.

나는 기가 막혀 집으로 와서 곰곰이 생각을 해도 이해할 수가 없어 화가 나 팔짝 팔짝 뛸 것 같았다. 조금 있다 전화로 이야기를 해야지 하는 차에 전화가 걸려왔다. 역시 새댁은 반말과 명령조로 해댔다. 참고 달래는 데도 정도가 있지, 잠자는 호랑이를 건드는 격이었다.

"새댁! 친정 엄마가 내 며느리 또래거든."했다. 비장의 무기를 꺼내고는 덧붙여 집이 그렇게 불만이 있으면 이사하면 그만이지 웬 말이 그렇게 많으냐고 했다. 그쪽 대답은 "집에는 아무 불만 없거든."하는 말에 더 이상 통화를 하다가는 안 좋은 말을 하게 될까 봐 전화를 찰 가닥 끊었다. 화가 화산처럼 폭발할 것 같아 씩씩대는데 머리가 깨질 듯이 아팠다. 손에 읽던 책이 사시나무 떨듯 하여 덮어두고 어찌할 바를 몰라 안절부절 못했다. 아무리 생각해도 이해가 되지 않지만 돈 받고 세를 놓는 죄지 했다. 언짢은 마음을 가다듬고 좋은 생각을 떠올려 안정을 했다.

한두 시간 뒤, 내 손자 손녀도 집 밖에서 어떤 행동을 할지 모른다는 생각이 들었다. 편한 마음으로 전화를 세 번이나 걸어도 전화를 받지 않기에 문자를 보내도 대답이 없었다.

하루가 지나서 다시 전화를 걸었더니 새댁이 받는다. 그토록 버릇없던 사람이 상냥한 목소리로 "예." 하기에 "새댁? 그렇게 예쁘게 말하니 얼마나 예뻐요" 했다. 인생 더 산 내가 먼저 "새댁! 전화를 화난다고 그렇게 끊어서 마음이 괴로웠어?"했다. "저도 아이가 아픈 화풀이를 할머니께 한 것 같아 후회 많이 했어요! 정말 죄송해요."했다.

지금 생각해도 손녀 나이 되는 새댁이 전화를 안 했다는 이유로 반말과 명령을 들어야 했는지 도무지 납득이 가지 않지만 그만 접어두기로 했다.

옛말에 천 냥 빚 말로 갚는다고 한 말이 있듯이 죄송해요, 미안해요 하는 말 한두 마디에 그동안 서운한 일들이 봄눈 녹듯 녹아 버렸다.

그 후로는 시공사들이 원인을 못 찾아 3주를 들락날락하며 쿵쿵거리며 깨 부셔도 얼굴 한번 붉힌 일이 없었다. 공사가 끝나고 청소까지 말끔히 해놓고 "새댁, 더운 날씨에 아이 데리고 고생했어요." 하며 어깨를 다독이며 칭찬을 했다. "뭘요, 죄송하지요." 하며 빙그레 웃는다.

이번 일을 겪으며 새댁과 더욱 가까워졌다. 그 후로도 2년을 더 살고 아이들이 커가니 더 넓은 집으로 이사를 하면서 그동안 잘 살았다고 인사도 하고 갔다.

요즘 젊은 사람들은 잘잘못을 떠나서 어른 아이도 몰라보고 저만 최고라 생각한다.

옛말에 손님이 왕이라고 하더니 아마도 그런 의식을 가지고 있는 듯하다. 그도 그럴 것이 돈 주고 산다는 생각 때문이지 싶다.

어른이란 이유로 젊은 사람들한테 대접을 받으려만 하는 인식은 버려야 한다. 상대만 탓할 것이 아니라 나 먼저 미안하다고 수고했다고 한다면 조금은 서로 믿고 다정하지 않을까 싶다.

더위

육십 평생을 살면서 이렇게 더운 해는 처음인 것 같다.

앉아 있으나 서 있으나 정신없이 땀이 나는지 땀인지 몸에다 물을 뿌린 것인지 모를 정도로 땀은 난다.

얼마만큼 더웠으면 어느 아파트에서는 시끄럽다고 옆집 사람을 죽였다고 텔레비전 뉴스에서 보았다.

아무리 여름 더위라고는 하지만 이건 정말 사람 잡는 더위지 싶다. 잠깐잠깐 바깥에 나가도 살이 익는 것 같다. 금년에는 여름 더위가 다른 해보다 더 길다고 한다. 짐작컨대 입추도 지나고 말복도 지났는데도 앞으로도 8월 말까지는 더울 것 같다.

날씨가 너무 더우니까 삶의 리듬이 다 무너진다. 이놈의 원수같은 더위가 빨리 지났으면 하는 생각이 꿀 같다.

하지만 여름만 탓을 하는 얌체 같은 생각도 들지만 너무 덥기 때문에 모든 일이 잘 안 되면 더위 탓으로 돌리고 싶다. 나만 더운 것도 아닌데 왜 이리 못난 생각을 하는지 조금은 창피하다.

옆에 있는 선생님과 친구는 덥다는 말도 하지 않는데, 나만이 엄살을 하는 건가, 아니면 참을성이 없는 것인가. 아무리 덥고 힘들어도 참는 인내력을 길러보자 하는 마음의 각오를 다짐한다.

돌아본 한해

세월은 어느새 흘러 정해년 돼지해를 마무리해야 하는 때가 되었다. 아~ 누가 이런 말을 했지? 세월은 자기가 살아온 나이에 맞게 흐른다고, 아니 유수와 같이 빠르다고 했을까?

엊그제 해오름제를 한 것 같은데 벌써 마지막 달이고 마지막 날이 5일밖에 남지 않았다. 해마다 이맘때면 가는 세월을 잡을 수도 없고 뚜렷하게 해놓은 일도 없으니 허무함과 아쉬움뿐이다. 정해년 한 해를 돌이켜보니 기억에 남는 일은 아무 것도 없는 듯싶어서 씁쓸한 마음이다. 많은 마지막 해를 보내면서 지키지 못할 약속을 부모 형제들에게, 아니 자식에게도 공수표 날릴 듯 했으리라 생각이 든다. 요즘 들어 나이가 있어서 그런지는 몰라도 약속은 작심삼일, 언행일치 못한 내 자신이 많이 부끄러운 마음뿐이다.

해마다 연초에는 그럴싸하게 이런저런 계획을 세워서 자신만만하게 마음으로 약속을 했다. 연초에 누가 약속을 하란 것도 아닌데 자신과 약속을 한 것이 물거품처럼 없어지고 까마득히 잊어버리면서 약속을 왜 했는지 후회도 했다. 그렇지만 한 해 한 해를 살고 보니 즐거운 일보다는 속상한 일, 괴롭고 슬픈 일이 많았다. 특히 정해년 마지막 달에는 17대 대통령 선거가 있었음. 후보끼리 할퀴고 헐뜯는 것을 보면서 듣기 싫기도 했지만 그 모습을 보며 나를 돌아보는 계기가 되기도 했다.

추운 계절에 태안해변에서는 유조선 충돌사고 까지 발생 해 생태계가 파괴되고 어장까지 기름으로 인해서 어민들에게는 고통의 나날이었다. 태안주민들이 생계를 잃고 막막한 상황에 대통령 선거와 맞물려 힘을 제대로 합하지 못한 것이 아쉬웠다. 그런데 초등학생인 아이들까지 기름 제거 봉사를 다녀왔는데 어른인 나는 아이들만도 못하다. 철없는 어른이란 것이 부끄러운 마음뿐이란 것을 새삼 통감한다. 금년 마지막 해를 마무리하면서 의미 있고, 뜻있는 일을 못해서 아쉬워하며 후회를 했다. 언제나 그랬듯이 새해를 맞으면서 많은 약속을 해놓고 어느 순간에 까맣게 잊고 있었다. 약속이 꿀단지라도 되는 것처럼 깊숙한 곳에 넣어두고 살다가 연말이 되어서야 깜짝 놀라며 아쉬워하기도 했다. 몇 년 전 12월 마지막 날, 남 선생님과 수업을 끝내고 집으로 가려고 학교 문을 나오는데 하얀 눈이 소복하게 쌓여 있었다. 그래서 선생님과 연말연시 마지막 밤을 돼지목삼겹살에 소주 한 잔 하던 생각이 나기도 한다. 연말 마지막을 마무리하다 보니 잊히지 않고 지난 일들이 주마등처럼 떠오르기도 한다. 연초부터 연말까지 눈코 뜰 새 없이 뛰고, 뛰고, 뛰며 살았다. 묵은해를 보내면서 세운 계획을 이루지 못한 아쉬움이 나 뿐만은 아니란 생각이 들기도 했다.

많은 세월을 살아오면서 밤을 낮 삼아 내게 없는 것을, 내가 모르는 것을 찾아다녔다. 그렇게 정신없이 살다 보니 어느새 세월만 가고 남는 것은 머리에 흰서리가 내려있을 뿐이다. 곱던 얼굴에는 굵은 주름살이 살아온 세월의 훈장으로 가득 채워있다. 꽃처럼 아름다울 만큼 곱던 흔적은 온 데 간 데 없고 한 해 한 해 가는 세월의 아쉬움만 마음 가득 차 있다.

지난 세월 아쉬워서 넋두리만 할 것이 아니라 흐르는 물에 흘러 보내듯이 묵은해와 함께 쓸데없는 생각을 모두 내다버리자는 생각을 해본다. 사람이 험한 세상 살면서 뜻대로 생각대로 되는 사람은 별로 없으리라 생각한다. 이루지 못한 아쉬움들을 접어두고 한 해 동안 건강했던 것만으로 신께 감사할 것이다. 그리고 새해에는 붉고 힘 있게 떠오르는 햇살을 바라보면서 새로운 꿈과 희망은 2008년에 할 것을 다짐해본다.

버려야 할 친구

나에게 어려서부터 나를 늘 따라 다니며 괴롭히는 나쁜 친구가 있습니다. 얼마나 지독하고 끈질긴지 사사건건 간섭하고 끼어들어 나를 바보로 만듭니다. 심지어 어느 정도냐면 사람들 모인 데서 주소라도 적으려고 하면 금세 훼방이처럼 끼어듭니다. 그리고 내 속에서 뭐라고 하냐면 "넌 여기서 글 쓰면 안 돼. 남들에게 흉 잡혀서 좋을 것 없어." 합니다. 그 말이 귀에 들리는 순간 심장은 숨이 멎을 듯이 뛰기 시작합니다. 동시에 팔과 온몸이 늘어져 힘이 빠져 나갑니다.

'그래도 사람들 많은 곳에서 써야 해' 하고 이를 깨물고 글자를 써 봅니다. 여지없이 죄지은 것처럼 덜덜 떨려서 글자가 예쁘기는커녕 삐뚤빼뚤 가관입니다. 그도 그럴 것이 심장이 떨리고 손이 떨리는 손으로 썼으니 당연하지 했습니다. 그렇게 마음의 위안을 하고 나면 또 옆에서 톡 튀어나와서 이렇게 말을 합니다. "내가 뭐랬어. 너는 사람들 많은 곳에서 아무것도 하지 말라고 했잖아," 합니다. 눈에 보이지도 않는 것이 내 속에서 시도 때도 없이 그렇게 조잘대고 있습니다. 마음 같아서는 이 녀석이 손에 잡힌다면 때려주고 싶은데 보이지도, 잡히지도 않습니다.

심지어 학교 시험 답안지를 받아들면 심장이 뛰고 손이 떨리며 앞이 안 보이게 가로막습니다. 정답인지 오답인지 구별이 안 돼서 청심환을 먹고 시험을 치렀습니다. 어디 그뿐인가요. 집안에 조금 안좋은 일이 생기면 습관적으로 배를 붙들고 화장실로 달려갑니다. 그 문제가 해결이 될 때까지 이녀석이 나를 괴롭힙니다.

그럴 때가 있잖아요. 대인관계를 자주하다 보면 좋아지겠거니 하면서 노력을 해도 이 친구한테서 벗어날 수가 없습니다. 이 녀석이 내가 자기를 떼어놓으려 하는 눈치를 챘나봅니다. 하루는 가슴에 대고 이렇게 말을 하더군요. "평생을 동반해 주었더니 이제 필요 없다 이거지?" 그리고 악착같이 따라다니면서 더욱 심하게 덤빕니다.

한번은 이 친구를 보내려고 추운 겨울에 유달산 정상으로 올라갔습니다. 가던 날이 장날이라더니 그날따라 어찌나 해풍이 거세게 불던지 버리지도 못하고 뒤돌아 내려오고 말았습니다. 지금 생각해보니 그 때가 내 나이 이십대, 약 오십 년 전이었습니다.

이제는 이 친구 이름을 밝혀야 할 것 같습니다. 사실 이 친구 이름은 저도 병원에 가서야 알았습니다. 이 친구의 이름은 '불안증'이라고 합니다. 내 일생을 따라 다니면서 바보 천치로 만든 장본인이 불안증이라니 참 기가 막힙니다. 있잖아요! 이 나쁜 친구에게서 어떡하면 벗어날까 싶습니다. 어떻게 해야 불안증이란 이놈을 추방시킬 방법이 있을까요? 정말 답답하고 속이 터질 지경입니다. 이 녀석에게서 독립해서 모든 일상에서 자신 있고 당당해지고 싶습니다.

여러분들! 있잖아요? 어떤 방법 없을까요?

74

우와, 저 많은 밥을
- 사찰봉사를 다녀와서

난생처음으로 사찰봉사라는 색다른 경험을 했다. 그 이야기를 해 보기로 한다.

추석날 절에서 봉사하지 않겠냐고 지인에게서 연락이 왔다. 아무런 생각 없이 하겠다고 대답을 했지만 막상 가는 길도, 위치도 모른다. 추석 전날 아침 7시까지 가야하는데 정말 야단났다. 평소에 꼼꼼하지 못한 성격을 후회 했다. 밤새 뒤척이며 걱정을 하다가 에라 될 대로 되라고 생각했다. 다행히 절친한 아우가 데려다 주겠다고 차를 몰고 왔다. 어찌나 고마운지 꼭 안아주고 싶은 마음이 저절로 들었다.

아침 일찍 차를 타고 간신히 절을 찾아갔다. 산속에 있는 큰 건물 건너편에 식당이 있다. 식당 안으로 들어가니 아주머니 들이 7명이나 봉사하러 와있다. 생전 처음 보는 사람인데 친절하게 반기며 손을 잡아주었다. 시작부터 따뜻한 사람 냄새가 물씬 풍긴다.

다른 데서 봉사는 더러 해봤지만 절에서는 처음이라서 일하는 순서를 잘 몰랐다. 그래서 주방장이 일러주는 대로 일을 했다. 첫째 날 500그릇, 둘째 날 비빔밥을 1600그릇, 셋째 날도 600그릇을 세팅했다. 저 많은 밥을 누가 다 먹을까 싶었다.

셋째날, 많은 사람들에게 밥을 나눠주다 밥이 떨어져 끝내려하는데 귀염둥이 아기가 밥 달라고 떼를 썼다. "어쩌나 아가야 밥이 없어"하는데 마음이 아팠다.

명절이면 도로 위에 차들이 꽉 막혀도 조상님 뵙겠다고 먼 길 오신 분 들게 많이 밥을 드렸으면 하는 마음이 들었다. 또 어떤 분들은 성묘를 하고 와서 먹을까 하는데 몇 시까지 밥 주느냐고 묻곤 한다. 그럼 '밥 먼저 드시고 가세요' 했더니 조상님 뵙기 전에 밥을 먹을 수가 없다고 했다. 그 기특한 말에 눈시울이 젖고 미안하고 부끄럽기까지 했다. 그렇게 예쁜 모습을 보면서 힘든 줄도 모르고 즐겁게 밥을 나눠주었다. 이 밥을 먹고 건강하고 복 받으라며 속으로 주문 외듯 중얼댔다.

나눔이란 남을 위한 게 아니란 것을 알았다. 남에게 베푼 것이 하나면 나 자신은 얻은 기쁨과 행복은 그 하나 이상으로 돌아와 내가 부자가 되는 것을 알았다.

금년 추석은 절에서 좋은 경험도 하고 풍성한 소득을 얻었다. 나눔이란 힘들고 바쁜 시간 쪼개서 짬짬이 하는 일이지만 행복한 비명이자 즐거운 아우성이다. 삼일 수고의 대가로 받은 기쁨은 그 뭣으로도 환산 할 수 없는 큰 보석을 얻어 왔다.

김장 봉사

철이 철인만큼 입동이 지나가면 사람들의 주고받는 인사말은 주로 '김장은 했어요?'다.

추석 때 봉사했던 절에서 김장 봉사하지 않겠냐며 전화가 걸려왔다. 물고기가 물을 만난 듯 얼른 대답을 했다. 그리고 그날 밤 당장 장갑과 따뜻한 옷을 챙겨 놓고 즐거워했다.

다음날 아침 6시 30분 필리핀 참전비 앞에 도착했다. 인적 하나 없는 산길. 가로등 불빛만이 굶주린 맹수가 먹이를 노리듯 훤히 불을 밝히고 서 있다. 왠지 으스스한 산속 길에선 옷을 벗은 나무들끼리 겨우살이 걱정하는 소리가 도란도란 들린다.

그 샛길로 숨을 헐떡이며 걷다가 유난히 큰 나무가 애처롭게 서 있다. 그 나무를 한 번 안아보고 김장 할 장소에 도착하니 대략 6시 50분이 었다. 맨 먼저 눈에 띈 마당에 쌓인 배추통이 어찌나 큰지 보기에도 겁이 났다. 조금 있으니 세 달 전에 함께 봉사했던 아주머니 두 분이 오셨다. 또 보게 되었다며 서로 반가워 손을 잡고 안부도 묻곤 했다. 그리고 셋이서 차 한 잔씩 마시고 쌓아놓은 배추를 부엌칼로 네 쪽으로 갈라 소금에 절이기 시작했다. 소금물을 마시기 시작한 배추는 다소곳이 고개를 숙인다. 그리고 배추 품안에 넣을 부재료 무, 갓, 대파, 쪽파 등을 다듬어 준비 해놓았다.

다음날 다시 봉사를 나갔다. 주인공 배추도 간수 이불 덮고 하룻밤을 잘 잔 듯했다. 펑펑 솟는 지하수로 깨끗이 목욕을 시켜놓고 양념 버무릴 준비를 했다. 봉사하러 온 젊은 어머니들 7, 8명이 빙 둘러섰다. 잘 절인 배추를 신부 화장하듯 곱게 단장해 줬다.

작년에 땅에 묻어 놓은 김치 통을 무릎을 꿇고 잘 씻어 마른행주질까지 깔끔하게 했다. 그리고 손님 맞을 준비를 완벽하게 해 놓았다. 그런데 이게 웬일! 김치를 넣으려는데 씻어놓은 통에 물이 세 바가지 정도가 차 있었다. "언니? 어제 통 안 씻었나요?" 젊은 어머니 중 하나가 나에게 묻자 사실 조금 당황했다. 어제도 물은 있었지만 대수롭지 않게 생각했다. 그런데 그 김치 통이 깨진 것을 확인 하지 못했던 것이다.

봉사하러 온 젊은 엄마 두 분 얼굴이 무척 곱고 후덕해서 호감이 갔다. 그래서 조심스럽게 두 분 사이를 물었다. 세상에 이런 일이! 두 분 대답에 깜짝 놀라지 않을 수 없었다. 스무 살이 넘은 딸 둘이 여기에 잠들어 있다고 했다. 이 절에 와서 같은 아픔을 가진 두 엄마는 친구로 지낸다고 했다. 그 말을 듣는 순간 가슴이 너무 아파서 배추를 들어 양념그릇에 던졌다.

'부모와, 남편은 죽으면 땅에 묻고 자식은 죽으면 가슴에 묻는다더니, 저 두 사람은 딸을 가슴에 묻고 얼마나 아프고 무거울까' 했다. 내가 이렇게 가슴이 뭉클한데 저 가슴이 어떨지 말하지 않아도 그

가늠할 크기를 너무 잘 알고도 남는다.

　꽃다운 자식을 먼저 보낸 어미가 살아서 무엇을 하나 싶어 죽고 싶었다했다. 언제까지 방안에서 울고만 있을 수 없다는 생각이 들어서 마음을 추스르고 일어났다고 했다. "더 이상 아파할 수 만 없잖아요, 그래서 나보다 더 아픈 사람들을 찾아다니며 봉사하고 견디며 살고 있어요."했다. 그 말을 듣는 순간 나를 또 한 번 돌아보게 했다. 나보다 더 아픈 사람이 많이 있다는 사실에 나 자신이 부끄러웠다. 이런 저런 이야기를 들으며 김치를 곱게 단장시켰다. 그리고 김치는 땅속으로, 김치 냉장고 속으로 제 갈길 찾아서 홀가분하게 떠났다. 여러 사람들을 위한 이틀의 봉사는 그렇게 끝이 났다.

목숨을 건 전쟁

큰 마음먹고 날이 시퍼렇게 선 검을 빼들고 반을 내리쳤다. 반이 짝! 하고 떨어져 나가는 소리가 '쨍그렁' 하고 들리는 것 같다. 이를 꽉 깨물고 용기를 내며 절대로 이번 전쟁에서 지면 안 된다는 생각을 다짐하고 또 다짐했다. 늘상 혈압 때문에 병원에 가면 의사선생님께서 살을 빼라고 하시며 58kg이 적정체중이라고 하셨다. 허리도 아프고, 다리도 아파서 간 정형외과에서도 살을 빼라고 하신다.

2008년 2월에, 음력으로는 1월 초하루였다. 이날 『누구나 10kg 뺄 수 있다』란 다이어트 책을 읽었다. 그 책 내용을 보면 모든 음식은 반만 먹으라고 쓰여 있다. 그래서 한번 시도해 볼만 하다는 생각을 했다. 그리고 바로 시작을 하니 처음에는 '아~ 별 게 아니네. 뭐!'하면서 쉽게 생각했다. 그런데 날이 갈수록 어지럽고 배는 왜 그렇게 고픈지 시간만 나면 냉수로 배를 채우기 시작했다. 밥은 한 공기만 먹고, 비빔밥을 먹을 때는 반을 덜어내고 먹었다. 밤에는 될 수 있는 한 6시 이후로는 물 외에는 먹지 않는 것으로 원칙을 세웠다. 배가 너무 고파서 밤에 잠이 오지 않을 때는 모든 것을 잊고 잠들기 위해서 소주도 반으로, 안주는 냉수로 했다. 그러다 보니 몸무게는 조금씩 줄기 시작했지만 어지럼증이 오기 시작하는 것이다.

아침 5시에 일어나 오후 5시 퇴근하랴, 학원가서 영어도 배우랴 참으로 힘든 나날이었다. 쉽게 생각하고 시작했다가 포기할 수도 없고, 더 진행하자니 힘들고 이런 경우를 두고 '진퇴양난'이라 하나 보다. 정말이지 괜히 시작했다는 생각을 하면서 후회도 많이 했지만 이미 칼은 뺐으니 죽든 살든 해보자 하며 이를 악물었다.

그리고 3개월 후 병원에 가서 어지러워 쓰러지고 말았다. 간호사, 의사, 유치원 원장 할 것 없이 모두 겁을 먹고 원장은 혈압에 쓰러졌으면 큰 병원으로 가려고 준비를 하고 왔다고 했다. 그 말을 듣고 나는 속으로 웃으며 다이어트 한단 말을 하지 않았다. 의사에게 영양제를 부탁해서 맞고 직장으로 돌아가서 열심히 일을 했다. 그리고 내가 이렇게 6개월 만에 69kg에서 58kg까지 뺄 수 있었던 것은 5월 26일에 첫 강의를 들은 요양보호사 자격증 교육도 한몫을 했다.

이제 한 달에 한 번 병원에 가면 의사선생님께서 "축하합니다. 이제 더 빼지 마시고 관리 잘 하세요,"하신다. 유치원 원장도 "에이, 독한 사람."하면서 "나는 왜 안 되지? 절대로 못하겠다."하신다. 원감, 김실장, 선생님들은 적게 먹기 캠페인이라도 하듯이 너도나도 밥을 적게 먹는다.

한동안 얼굴도 처지고 보는 사람들이 아프냐며 묻는 말에 대답하기도 곤란했다. 이제는 얼굴도 정상으로 돌아오는 것이다. 자그마치 11kg을 줄였으니 얼마나 가벼운지 모른다. 그리고 살을 빼는 동안은 운동은 할 필요가 없다. 밥 양을 줄이고 물만 마시면 된다. 운동은 본인이 원하는 만큼 빼고 난 뒤에 관리할 때 해야 한다.

지금은 58kg를 4개월째 유지하고 있는데 앞으로 2개월만 더 유지하면 완전히 다이어트에 성공하는 것이다. 비록 힘들고 어려웠지만 할 수 있다는 자부심 때문에 해냈으리라 생각한다. 어떤 경우라도 예전으로 돌아가지 않으리라. 예전에 작아서 못 입던 옷을 입으니 너무 좋고, 몸이 가벼워서 좋고, 살을 빼고 나니 좋은 게 한두 가지가 아니다. 오죽했으면 전쟁이라 했겠는가. 맛있는 것이 옆에 있으면 침이 꼴딱꼴딱 넘어간 소리가 내 귀에 들린다. 먹고 싶은 음식을 먹지 못 할 때 그것은 곧 고문이고 목숨을 건 전쟁이다.

절대로 예전에 몸으로는 만들지 않으리라 다짐을 해본다.

나의 친구

유일한 나의 친구 이야기를 한번 써볼까 한다.

지난 수요일 아침까지는 선명하게 잘 나오던 텔레비전이었다. 아무 것도 모르고 목요일 퇴근을 해서 내 친구 텔레비전 전원을 눌렀다. 이게 웬일인가. 그토록 잘 나오던 텔레비전이 전혀 나오지 않고 나를 황당하게 한다. 그래서 이리 저리 보면서 확인을 했지만 이상은 없다.

아, 케이블 유선을 끊었구나 하는 생각이 들었다. 그렇지만 유선을 끊었다 하더라도 정규방송은 나와야 할 텐데 왜 정규방송도 안 나오지 하며 온통 머릿속은 복잡하다. '돈 아낀다고 남이 쓰다가 만 물건을 가져왔더니 이 모양이구나.'하며 속으로 중얼중얼했다.

하지만 유일한 내 친구가 이렇게 먹통이니 어찌하나 하고 걱정이 된다. '그래, 이제는 텔레비전을 사야지'하고 하이마트로 전화를 걸어서 텔레비전 값을 묻다가 혹시나 해서 유선방송 전화를 찾아서 전화를 걸었다. 그런데 내 생각대로 유선을 끊었다고 한다. 그 말을 듣는 순간 화가 난다.

"여보세요. 이런 경우가 어디 있단 말입니까? 사용자한테 연락도 없이 끊어버립니까? 내가 불법으로 사용한 것도 아닌데요."하며 얘기 도중 이런 말을 한다. "고객님께서는 2003년에 회원에서 빠졌네요."한다. 그렇다면 내가 지금까지 쓴 것이 불법으로 썼단 말인가. 그 말을 듣는 순간 나는 할 말을 잃었다. 자신 있게 원리원칙대로 따지려고 말을 시작하다가 도리어 부끄러워진다. 그래, 맞다. 그럼 내가 지금까지 썼던 것이 불법이었다. 옛말에 이런 속담이 있다. 도둑이 매를 든다고 하는 말이다. 내가 그 격이다.

"그렇지만 한 마디 말도 없이 끊어버린 것은 제 생각으로는 순서가 아니지요."했다.

그리고 신규 신청을 해야 하나 생각에 가입비가 얼마냐고 물었더니 4만 3천 원이라고 한다. 그러고 나니 토요일 오전 중에 유선을 연결해드리겠다고 한다.

그렇게 해서 유선을 연결하고 나니 텔레비전을 살 일은 없어졌다. 텔레비전 고장은 아니었으니까 말이다.

하지만 내가 사용료를 신경 썼더라면 한 달에 천 원만 내면 사용할 것을 이게 뭐란 말인가. 괜히 목돈이 들었다. 결국 호미로 막을 것을 가래로 막았다. 그랬지만 내 친구 텔레비전이 잘 나오니 반갑다. 이제는 모든 생활을 세심하게 관찰해서 이런 실수가 없도록 하자는 생각을 새로이 다짐한다.

버려진 옹기

 아이들을 데리러 어느 주택단지를 가는 길에 어떤 집에서 예쁜 옹기독을 버리려고 내 놓은 것이 보였다. 그 옹기 항아리를 보는 순간 옛 생각이 떠오른다.

 옛날 우리 어머니들이 애지중지하며 아끼던 옹기독이다. 예전 주부들이 저런 독 하나를 사려면 아침 저녁밥 지을 때 쌀, 보리를 한 움큼씩 떠서 따로 모아야 했다. 그렇게 모은 쌀과 보리를 성미 쌀이라고도 하고 좀질리 쌀이라고도 했다. 그렇게 몇 달을 모아서 옹기 장사가 오면 그 쌀로 옹기를 샀다. 그리고 그 독이 반질반질 윤이 나도록 닦고 또 닦았다.

 지금은 시절이 좋아서 냉장고와 김치 냉장고가 있어 참 편리하게 살지만 옛날 어머니들은 고작해야 질그릇뿐이었다. 김장때면 그 독에다가 김치를 가득가득 담아서 겨우내 먹었다. 또 간장 담글 때가 되면 큰 옹기에다가 정성스레 새끼를 꼬아서 둘러매 놓았다. 갓 담근 간장에다는 까만 숯을 띄우고 빨간 고추도 띄었다. 그토록 우리 어머니들은 옹기를 귀하고 소중하게 여겼다.

 그리고 지금은 어디를 지나가다가 잘 가꿔놓은 산소를 보면 그 후

손들이 잘 사나보다 한다. 그 때도 마을을 지나가다가 장독대가 잘 정돈되어 있는 것을 보면 '아, 이 집은 밥술이나 먹고 사는 집인가 보다.'한다. 옛사람들에게 옹기그릇은 삶의 얼이 담긴 그릇이다. 그런 그릇이 이제는 천덕꾸러기가 되어 버렸다. 지금 이런 시대가 계속된다면 우리도 옛 것이라고 쓰레기통에다가 저 옹기처럼 버리지나 않을까 하는 생각이 든다. 새 것도 좋지만 옛 것도 조금 아끼면 좋겠다 하는 생각이 든다.

산전수전

저는 어느 덧 육십을 넘기고 옛날 같으면 뒷방 늙은이가 될 날도 얼마 남지 않은 사람입니다. 세상을 허둥지둥 살다보니 뭣이 옳고 그린지도 모르며 살았습니다.

그렇게 살아온 뒤를 돌아보니 인생을 어떻게 살아왔는지 남는 것은 아무 것도 없는 허전한 마음뿐입니다.

때로는 산을 보며 소리도 지르고, 검푸른 바다를 보면서 소리도 질렀습니다. 세상을 살면서 힘들 때마다 산전수전을 다 겪으며 살았노라고 말로는 자신 있게 떠들었지요.

산전수전을 다 겪었으니 더 이상은 겪을 일도 없을 줄 알았습니다. 육지에서 겪고, 바다에서 겪은 전쟁은 다 끝이 난 줄 알았습니다. 그런데 이게 웬일입니까. 생각해보니 웬걸 산전수전보다 더 큰 공중전이 남았더군요.

앞에서 기나 긴 공중전을 어떻게 지혜롭게 대처를 해야 할지 마음이 쓰입니다. 이놈의 공중전이 어느 때, 어디서 폭탄이 터질지 몰라서 항상 마음이 긴장됩니다. 공중전이 뭐이냐고요? 예, 생각지도 않던 일이 느닷없이 터지는 일을 저는 공중전이라 생각합니다.

사람이 살면서 이런 저런 일을 겪는 건 사람이 살아있으니까 겪는 거라 생각합니다.

오월이 오면

어느새 여왕의 계절 5월입니다.

1년 어느 달이나 좋은 날이지만 5월은 특히 좋은 달이지요. 가정의 달이고 또 계절의 여왕이라고도 합니다. 어린이 날, 까맣게 잊고 살던 부모님을 생각하게 하는 어버이날도 있습니다. 거기다가 부모님 다음으로 존경하는 스승의 날도 있습니다. 이렇게 살기 좋은 인생을 살면서 얼마나 부모님께 잘못했는지 돌아보며 후회하곤 합니다. 부모님 살아오신 길을 생각하니 가슴이 아프고 눈시울이 뜨거워집니다. 모든 부모님께서는 자신의 인생보다 자식 키우느라 당신들의 인생은 돌아볼 사이도 없이 사셨습니다. 당신들의 인생은 아랑곳 하지 않고 오직 자식을 위해 평생을 바쳤습니다. 그런데 지금은 부모님 말년의 삶이 어떠하십니까? 참으로 비참하고 딱하기가 한량없으며, 눈물 없이는 보기 힘든 삶을 사십니다. 내 자식 귀하고 눈에 넣어도 아프지 않을 정도로 소중한 것처럼 우리 부모님들 역시 우리를 그렇게 키웠으리라 생각합니다.

이렇게 좋은 계절에 내 부모님 삶을 한 번이라도 돌아봅시다. 내 자식만 귀하다고 어린이 날 비싼 선물 사는 것을 조금만 낮춰서 아이 것도 사고 부모님께도 사드리면 부모님께서 얼마나 좋아하실는지 눈에 보이는 듯합니다.

머지않아 부모님 삶이 우리들의 삶이고, 우리들의 삶이 자식의 거울입니다. 자식 두 번 돌아볼 때 부모님 한 번만이라도 관심을 가져보면 어떨까 합니다. 5월 좋은 계절에 부모님 모시고 온가족이 가까운 곳으로 떠나보시면 어떨까 하는 생각도 듭니다. 부모님께서는 아주 작은 것에도 눈물을 훔치면서 기뻐할 것입니다. 부모님 당신들께서는 인생을 자식에게 다주고도 자식한테서 한두 개만 받으면 행복해하고 즐거워하십니다. 그런 마음이 부모 마음인가 봅니다.

이제 자식에게 거울인 우리들이 먼저 부모님들을 돌아보면 어떨까 합니다. 부모님께서는 영원히 우리 옆에 계시지 않습니다.

고향 친구 이야기

일주일에 한 번 일요일 오후에는 영락없이 전화벨이 울려댄다.

정겨운 고향 사투리로 "아야, 나여! 잘 지내고 있어?"하며 딱히 할 말도 없으면서 서로 궁금해서 전화를 한다. 집 전화로 걸다가 안 받으면 손 전화로 걸어서 "아따 어딘가? 어째 전화를 안 받아서 깝깝스러워서 그냥 했그면." 한다. "어, 야 어쩌던 건강하게 잘 지내고 있어. 알았는가? 그럼 나 들어가." 하고 찰칵 수화기를 놓는다.

우리 고향에서 같은 해에 한 동네에서 태어난 친구들이 자그마치 열네 명이었다. 그런 친구들이 몰려다니며 공부하고 싸우고 질투하며 사춘기를 겪으며 자랐다. 어디 그뿐이던가. 긴 머리를 치렁치렁 땋아 빨간 댕기머리 등 뒤로 내리고 몰려 다녔다. 달이 밝을 때 넓은 마당에서 강강술래 뛰면 꼭 어디서 말 달리는 소리 같았다.

그렇게 지내던 친구들이 혼기가 차니까 재미난 뉴스거리가 생겼다. "왔다~ 누구네 신랑감은 잘생겼데."라거나 "정자 신랑은 부잣집이라고 하데."하며 웃곤 했다. 어른들은 모이면 아무개네 집 사위는 조실부모했다는 등 시골엔 그게 아침 조간신문이고 뉴스였다. 그러던 친구들도 결혼과 더불어 헤어지고 가끔 정겨운 고향 사투리로 통화를 하곤 하는 이 친구만이 지금까지 72년째 두터운 우정을 나누며 지낸다.

이번에는 광주에 갈 일이 있어서 시간을 내서 친구네 가게로 들어 갔다. 어찌나 반갑던지 서로 부둥켜안고 등을 쓸어내리며 다독였다. "아야, 오늘 친척도 모르는 내 하소연 좀 들어 줄래?" 하더니 친구는 이야기보따리를 풀어놓았다. 그 친구 남편은 시청 공무원이었는데 아이 셋 키우느라 세상 물정 모르고 주는 돈으로 살림만 했단다. 어느 날 아무것도 모르는 촌뜨기한테 브랜드 속옷 가게를 하라고 했단다. 할 줄 모르는 장사를 하면서 시어머니 대소변 수발을 3년을 했다고 한다. 시어머니 돌아가시고 아이들이 사춘기가 되자 그녀 남편은 간암 말기 진단을 받았다. 전남대 병원에 2년을 입원시켜 놓고 장사하랴, 병원에 남편한테 가랴, 아들 셋 도시락 싸주랴, 몸이 지쳐서 살 수가 없어 죽고 싶더란다. 병원 가서 담당 주치의 만나면 하는 데까지 치료하자는 말만 들어야 했다. 아프리카인처럼 까만 얼굴, 만삭인 임신부같이 탱탱한 배를 보고 그 길로 물건 사러 서울로 갔다고 했다. 새벽에 시장 보고 돌아와 아이들 붙들고 시도 때도 없이 울었단다. 하루는 뜬금없이 남편이 하는 말이 "자네 어떻게 살게. 자네 살 일을 생각하니 깝깝하네야." 했다. 돈을 치료비로 많이 써서 그러나보다 생각이 들었다고 했다. 남편이 5일 동안이나 '자네 살 일이 답답하다'는 말을 반복해도 그 뜻을 몰랐다고 했다.

남편 장사를 치르고 삼우제가 끝나고 그 다음날, 남편이 남기고 간 선물을 풀었더니, 세상에 빚 문서 보따리가 장마에 둑 무너지듯 밀고 들어왔단다. 은행에진 빚에다, 개인 빚, 형제들 빚보증이며, 물건 대주는 회사 사장에게 진 빚 등. 정신이 없었더란다. 너무 기가 막혀 죽은 남편이 불쌍하단 마음이 싹없어졌단다. 그 많은 빚 중에 한 건도 남편 이름은 없고 모두 마누라가 쓴 걸로 되어 있었다는 것이다. 처음에는 남편 이름으로 만들어 놓았다가 나중에 마누라 이름으로 전부 바꿔 놓았단다.

서류가 자기 이름으로 되어 있기 때문에 도망갈 생각도 했고, 죽을 생각도 하고, 별의별 생각을 다했다고 했다. 아이들이 눈에 밟혀 죽을 수도 없으니, 그렇게 죽을 용기로 빚을 갚아 보자 했단다. 차근차근 먼저 갚아야 할 사람부터 형편에 맞춰 갚았다. 그렇게 빚을 30년을 갚았다고 했다. 그렇게 갚아도 갚아도 빚은 샘물 솟듯 원금의 대한 이자는 끝이 없어 자라 아직도 남았다고 했다.

"나 죽으면 그만이지 않고 마누라가 갚아주겠거니 해놓고 간 착한 사람인데 기다려야지." 했다한다. 죽은 귀신 욕 안 먹이려고 순서대로 갚아가며 산다고 했다.

그래서 정말 자랑하고 싶고, 사랑한다는 말을 아끼지 않고 싶은 흑진주 같은 내 친구가 전화를 끊으며 남긴 마지막 말이 찡하다.

"친구야, 이제는 얼른 얼른 전화 잘 받아. 인제 얼마 안 남았어! 건강관리 잘하고 있어. 알았지!"

작심삼일의 약속

2016년을 맞이하면서 작심삼일 안하기, 언행 불일치 안하기로 결심을 단단히 했다. 다른 해보다 책도 많이 읽고, 좋은 일도 하려고 차근차근 마음의 준비를 하며 책도 14권이나 사다 놓았다. 내 딴에는 굳게 결심을 하면서, 이 계획을 이루면 얼마나 마음 뿌듯할까 하는 생각도 했다. 그런데 이게 웬 말인가. 책 14권 중에 겨우 2권을 읽었을 뿐 나머지 12권은 손도 대지 못했다. 쌓여 있는 책을 보면서 이런 생각이 들었다. 왜 나 스스로 한 약속을 전혀 부끄러움 없이 포기했을까, 시간이 그렇게 없는 것도 아니었는데 하며 후회했다.

계획이 많고 또 미리 앞 세워 말하면 결코 이루지 못하고 마는구나 싶었다. 그렇다고 쌓아둔 책을 다시는 안 볼 것도 아닌데 '너 이 책 볼 거잖아'하며 나 자신에게 묻고 창피한 생각이 들었다.

정초에 세운 계획을 수 없이 포기한 것은 3개월도 아니고, 6개월도 아니다. 부끄럽게도 한 달도 못 되어서 그만두고 말았으니 부끄럽고 또 부끄럽다. 이런 것이 작심삼일, 언행 불일치라고 실감이 든다.

바닷가 모래밭에 손가락으로 글씨를 써놓으면 이내 물결이 몰려와 지워버리는 것과 다를 것이 없다. 이런 나약한 의지로 무슨 계획을 세우랴. 날이 갈수록 용기도 자신감도 없어 흐물흐물한 토사처럼 뭉쳐지지 않는다. 애써 세운 계획이 한 달도 못 가서 모래성처럼 부서져 버릴 줄은 생각도 못했다. 계획을 쉽게 세우니까 포기하는 것도 아주 쉬웠다. 소리도 흔적도 없이 물인지 바람인지 모르게 슬그머니 작심삼일로 끝났다.

참으로 나 자신이 밉고 원망스럽기까지 했다. 어떻게 이토록 쉽게 무너질 계획을 창피한 줄도 모르고 백지에 도장 찍듯이 마구 찍었을까. 남이 듣지 않는다고, 보지 않는다고 이루지 못할 약속을 했다가 마음대로 그만두었지만 그렇다고 죄책감이 안 드는 것은 아니었다.

이런 말이 생각난다. 천둥이 칠 것은 공중에 나는 새가 먼저 알고 다른 곳으로 날아간다고 했다. 또 지진이 나는 것도 땅속에 사는 쥐가 먼저 알고 피한다는 말도 있다.

아마도 내가 나의 계획들을 지키지 못할 것을 우리 동부 학생들은 알았을지도 모른다. 그리고 지금까지 살아온 내 삶을 되돌아봐도 많은 계획들을 아무 죄의식 없이 포기하고 또 후회하고 한평생을 반복해온 것을 생각하니 너무 화가 난다.

그렇다고 여기서 주저앉아 후회만 할 것이 아니라, 또 계획은 세우고 또 어긴다 할지라도 마음을 다시 한 번 정리해 보려고 한다. 이제 버려둔 계획을 다시 세우고 실천하려고 하니 또 걱정이다. 계획을 세우고, 쓰러지고 또 쓰러져도 포기하지 않고 노력하면 언젠가는 그 계획을 다 이룰 때가 있으리라 생각도 한다.

2016년이 다가기 전에 돌아본 내 주변은 밥 먹고 설거지 안한 것처럼 어수선했다. 2016년 마지막 한 장 남은 달력을 보니 마음이 무겁고 허무했다.

새로 맞이한 2017년 새해는 새로운 마음으로 나 스스로 웃음거리가 안 되도록 계획을 세워 끈기 있게 앞으로 차근차근 실천해 볼 생각이다. 나 자신과 약속, 증인 없는 싸움, 누가 보지 않는다고 백지수표에 도장 찍듯 할 수 없다고 다짐한다. 보는 사람은 없지만 또 다른 내가 지켜보고 비웃는다. 나 자신과 약속이고, 자신과 싸움이기 때문에 꼭 이겨서 새해는 내가 해 냈다는 성취감을 맛보려고 한다.

세월이 흐르고 나이가 들어서인지 지나간 약속, 앞으로 해야 할 약속의 무게가 너무 무겁고 커서 나 자신과도 함부로 약속을 못하겠다. 어느 누구에게나, 아니 자신에게도 약속하기가 꺼려진다.

약속하는데 돈 들지 않는다고 가벼운 약속은 하지 않을 것에 신중에 신중을 기하려고 한다.

준비 없는 외출

얼었던 대지가 녹고 봄이 문을 열었다. 잠포록한 아침 양지바른 담 밑에 냉이, 쑥, 민들레의 파란 잎이 빠끔히 머리를 내밀었다. 오가는 아주머니들은 냉이나 쑥을 캐려고 여기저기 기웃거렸다. 심심한데 '산 밑에 비알 밭으로 냉이나 캐러 갈까' 하던 차에 "따르릉" 전화벨이 울렸다.

화초에 물을 주다 말고 전화를 받았다. 친구 목소리였다. 수화기를 귀에 대고 한손으로 물을 주었다. 전화기에서 새어나온 음성은 "친구야 따분한데 우리 봄바람 쐬러 가지 않겠니?"였다. 외출 준비하고 동사무소 앞으로 나오라고 했다. 특별히 할 일도 없고 해서 그렇게 하자고 했다. 대답을 하고 나니 행선지가 어딘지 알 수가 없었다. 다시 전화 걸어 물었다. 서울대공원으로 가자고 하더니 곧바로 말을 바꾸어 강화로 가자고 했다. 바닷가로 갈 것이니 옷 따뜻하게 입고 나오라고 했다. 밥을 조금 먹고 시간 맞춰 나갈 준비를 하는데 빨리 나오란 독촉 전화가 걸려왔다. 서둘러 뛰어 내려가니 친구가 차를 주민 센터 앞에 세우고 나를 기다리고 있었다.

오랜만에 친구를 보니 많이 미안하고 반가웠다. 편한 게 친구라더니 바쁜 일 제쳐 놓고 나를 보려고 달려왔다고 했다. 그 친구와 나는 코흘리개 시절부터 친구였다. 서로 싸우기도 하고 각별하게 지냈다. 오늘 마음속 대청소 하자며 둘이서 입을 크게 벌리고 활짝 웃으며 "자, 가자! 강화로." 윙-하고 속력을 내며 달렸다. 친구 옆자리에 앉아 창밖을 보니 시원하게 뚫린 도로 위에 차가 별로 없었고 날씨마저 화창했다. 콧노래를 부르며 신나게 달렸다. 달리는 차 안에서 고향 이야기를 하며 시간 가는 줄 모르게 강화에 도착했다.

차를 세우고 바닷가로 내려가서 모래밭을 밟으며 옛이야기 하느라 앞도 옆도 보지 않았다. 그런데 느닷없이 뭣인가 번개처럼 날아와 왼쪽 뺨을 때리는데 깜짝 놀랐다. 머리가 띵해 정신이 멍했다. 뭣인가 싶어 옆을 돌아보니 아이들이 모래밭에서 축구 놀이를 하고 있었다. 중학생이 신나게 찬 공이 나에게로 날아와 나를 때린 것이다. 아이들과 부모들이 달려와 미안하다고 말을 하니 화도 내지 못하고 대신 공을 차더라도 사람 다치지 않게 차라고 했다.

개펄에 게들이 나를 비웃기라도 하듯 집성촌을 이루어 춤추고 굿판을 벌였다. 개들이 노는 것을 보며 묵묵히 모래밭을 걸었다. 앞에 너럭바위로 올라가 앉아 바다를 보니 잿빛 바닷물이 서서히 개펄을 덮어 오고 있었다. 밀고 들어오는 물결을 바라보며 소녀시절을 되새기며 추억을 먹었다.

집으로 오는 길에 너무 좋아서 "친구야 누가 집 나오면 개고생이라고 했을까? 이렇게 좋은데."했다. "어릴 적이나 지금이나 집 나오면 좋은 걸 보니 언제 철들까?"하며 깔깔 웃어댔다. "아니! 철들면 망령

든다는데 우리는 철들지 말자"했다. 친구덕분에 해풍과 놀다 돌아오니 친정 다녀온 기분이었다. 넓은 바다, 갯냄새 찰랑이는 파도에 그동안 쌓아 놓은 스트레스를 훌훌 털어 버렸다. 마음은 뻥 뚫린 고속도로처럼 시원했다.

참 자랑할 만한 우정의 내 친구! 고맙고 벌써 보고 싶구나.

지하철 인심

"이봐 학생 어른이 앉게 일어나지. 응?"하는 말에 감고 있던 눈을 번쩍 뜨고 앞으로 옆으로 두리번두리번 했다.

원당에서 지하철 3호선으로 송파구 문정동으로 일을 하러다닐 때 이야기다.

유치원에서 오후 5시에 퇴근해서 노유동에 자리한 동부 밑거름학교로 가기 위해 1070버스를 타곤 했다. 잠실정거장에서 60대 중반쯤으로 보이는 남자분이 탔다. 앞에 의자에 졸고 있는 남학생 어깨를 툭 치며 "이거 봐 학생 어른 앉게 일어나지."라는 노인의 말에 영문도 모른 학생은 졸다 말고 깜짝 놀라 눈을 번쩍 뜨고 충혈 된 동공으로 쳐다보았다. 그리고 무거운 책가방을 어깨에 메고 덜컹거리는 버스 손잡이를 잡고 서 있는 학생이 너무 안쓰럽고 그 남자가 밉기까지 했다.

이런 일들은 버스에서만 일어나는 것은 아니다. 지하철에서도 비일비재하게 일어난다. 그 이유는 7-80대 노인들이 마땅히 갈 곳이 없고 집에만 있자니 지루해서 밖으로 나오기 때문이 아닌가 싶다. 지하철 안은 여름에는 시원하고 겨울에는 따뜻해서 노인들이 나들이하기에는 아주 좋은 사랑방이다. 할 일 없고 외로운 어르신들은 밖으로 나와 나들이 하는 것이 건강에 유익하기도 할 것이다.

그렇지만 노인은 젊은 사람들이 새벽 잠 설치며 총칼 없는 전쟁터로 오고가는 출퇴근 시간을 비껴 외출했으면 싶다. 하루 종일 종종대다가 지친 몸으로 잠시 휴식을 취하는 퇴근길에 지하철 좌석에서 잠깐 눈 붙이는 것은 아주 꿀보다 더 달 것이다. 그렇게 잠시 쉬는 젊은 사람들에게 노인들도 조금 양보하고 배려하면 좋겠다 싶다.

한번은 내 옆에 앉아 있는 노인 한 분이 이런 이야기를 했다.

경로석에 젊은 여인이 앉아있기에 자기가 그 여인 앞에 서 있는 데 일어나지 않아 넘어질듯 하는 작전을 썼다고 했다. 그래도 여인이 일어나지 않아 밉고 괘씸한 생각이 들어 헛기침을 자꾸 했는데, 그 여인이 내릴 적에 보니 만삭인 임신부더라고 했다. 그 뒤로는 경로석에 젊은 사람이 앉을 때는 앉을 만한 이유가 있어 앉은 것을 알고는 절대로 말을 하지 않는다고 했다.

며칠 전에도 젊은 새댁이 경로석에 앉아 있었다. 노인 한 분이 젊은이가 자기 자리에 앉아서 자리를 내주지 않는다고 면박을 주기에 "아저씨? 저 배 안 보이세요? 참 너무하시군요!" 했다.

그 노인은 미안하다거나 못 봤다는 말 한 마디도 하지 않았다. 새댁도 아무 말도 하지 않고 알 수 없는 눈물만 소리 없이 줄줄 흘리는 것을 보니 안쓰러웠다.

언젠가 한번은 나도 허리가 아파 서 있을 수가 없어 경로석에 앉아 눈을 감고 있다가 이상한 느낌이 들어서 눈을 떠보았다. 별로 늙어 보이지도 않는 노인이 큰 소리로 일어나지 않는다고 나에게 한 말이었다. 그런데 80도 안돼 보인 사람이 노인 행세를 하며 나더러 건방지게 자리 안 내주려고 눈을 감고 있다면서 면박을 하는 것이다. 사람들 시선이 내 쪽으로 모아지는데 무슨 큰 죄인이 된 것 같아 민망했다. 그래서 "아저씨 여기 앉으세요! 저도 나이가 여기 앉을 나이고 허리가 아파 서 있을 수가 없어 앉았습니다."하며 일어났다. 그걸 보고 있던 앞에 경로석에 앉은 노인 한 분이 큰 소리로 "거 참 인생 몇 년 더 살았다고 그렇게 말하면 안 되지요."했다. 내 입장을 대변하듯 역성을 들어주고 "댁 나이보다 젊어서 그런 말을 듣는다고 생각하세요?" 했다.

요즘 시대에 학생이든 젊은 직장인들이 얼마나 힘들고 지쳐 있다는 것을 나이든 사람들이 조금이나마 알아주었으면 하는 생각이 들었다. 저 노인들을 보면서 나를 돌아보며 다짐해본다. 남을 배려하는 노인으로 익어 가리다.

노인의 시간

노인에게 이 순간의 시간은 있어도 내일과 미래는 없다.

언제나 그랬듯이 2부 예배를 드리기 위해서 허둥지둥 뛰어 교회로 달려갔다. 습관처럼 처음 등록할 때 앉은 자리에 앉아 예배를 드리곤 했다. 오늘은 왠지 이희애 집사님 옆으로 가고 싶었다. 앞으로 조용하게 가서 집사님 옆에 살포시 앉았다. 집사님은 내 손을 꼭 잡아주시고 반갑다며 눈인사를 해주었다.

이게 웬일인가? 사도신경을 서서 외우는데 뒤에서 누군가가 내 등을 손가락으로 찔렀다. 그래도 눈을 뜨지 않고 기도가 끝이 난 뒤에 옆을 보았다. 집사님께서 쓰러져 있었다. 너무 당황해서 어찌 할 바를 몰랐다. "집사님, 집사님! 왜 이러세요! 정신 드세요?"하며 몸을 흔들어도 정신이 돌아오지 않았다.

뒤에서 목사님들 세 분이 오셔서 119에 전화를 하고 집사님은 김 목사님 등에 업혀 대기실로 나갔다. 나도 집사님 성경책과 안경을 챙겨서 뒤따라 나갔다. 119가 신속하게 와서 집사님을 태우고 보호자로 권사님께서 따라 갔다. 목사님이 들어가 예배드리자고 하였다. "왠지 걱정이 되네요!" 했다. "걱정 마세요 무슨 일 있으면 연락해달

103

라고 했으니 연락 할 겁니다," 했다. 그 말을 듣고 마음 놓고 예배를 드렸다. 그런데 예배 시간에 자꾸만 집사님의 쓰러진 모습이 눈과 머릿속을 휘저었다. 노인들은 이 순간의 시간은 있어도 내일과 미래는 없다는 말이 내 마음을 조여 들었다.

2~3일이 지나고 나서 핸드폰이 울렸다. 전화를 받으니 집사님이었다. "많이 놀랐지요?" 하며 당신은 어떻게 된 건지 알 수가 없다며 나에게 그 상황을 물었다. 자초지종을 이야기하고 "집사님! 건강 잘 챙기세요." 하며 전화를 끊었다. 그래도 집사님이 노인이라서 걱정이 되었다. 집사님은 그 후로는 더 이상 뵐 수가 없었다.

그래, 늙으나 젊으나 내일은 없다. 혹 내일이 있다면 그건 내 날, 내 시간이 아니라고 생각되었다. 아마도 그건 신의 날이지, 내 날은 아니다. 매순간을 위해 최선을 다해야 오늘 일은 다음으로 미루지 않겠다고 다짐해본다.

돈 걱정은 안할래요

옛말에 '새끼줄 백발은 쓸모가 있어도 사람 백발은 쓸 데가 없다'고 했다. 사람이 늙어서 백발이 되면 젊은 자식들에게 무거운 짐만 될 뿐이다.

며칠 전에 친정 올케 언니가 요양 병원에 있다는 소식을 들었다. 동생과 문병을 간다고 병원 위치를 물었다. 조카 내외는 요양병원에서 외출 허락을 받아 언니를 집으로 모셔왔다고 했다.

그 연락을 받고 인천으로 갔다. 예전에 언니가 쓰던 안방 병상 침대에 아무 것도 모른 채 누워 있는 모습이 너무 안타까웠다.

"언니, 큰 시누이 옥임이가 왔어요!" 해도 잘 못 알아듣는다. 처음에는 알아듣는 것 같더니 조금 있으니 아무도 몰라본다.

우리 올케는 새댁 때부터 말수는 없어도 친척들이 찾아가면 자상하게 챙겨주었다. 음식도 맛깔스럽게 이것저것을 만들어 대접했었다. 그러던 올케는 젊어서 남편을 긴 여행 떠나보내고 어린 자식들 데리고 힘들게 살았다. 자식들을 남편인 양 의지하고 살았다. 그러던 언니는 아마도 자식들을 해바라기 하며 살아온 세월이 허무하다는 생각이 들었던 것 같았다. 자신도 모르게 조금씩 허전하고 모든 것을 다 놓아 버리고 삶의 의욕조차 잃은 것 같았다. 아니 정확하게 말하자면 바람 빠진 풍선처럼 힘이 없어 보였다.

그리고 조금씩 몸과 마음도 허약해진 모양이었다. 나이가 들면 해마다 다르다더니 볼 적마다 달라졌다. 그렇게 몇 년이 흐르더니 결국 병상에 누워서 우리도 몰라보는 것을 보니 마음이 아팠다. 대소변까지 며느리에게 의지하면서도 "너희들은 오래 살 수 있어서 좋겠다." 하셨다. 혼자서 한참을 잘 알아듣지도 못할 말을 하기도 했다.

조카 부부와 우리는 이런 저런 이야기를 하는 중에 병원비가 장난이 아닐 텐데 힘들겠다고 했다. 시어머니 조상에서 며느리 생긴다더니 질부 역시 무뚝뚝한 사람이었다. 평소 말이 없던 질부가 깜짝 놀란 말을 했다. "고모님, 어머님 병원에 계시는 동안에는 돈 걱정 안 할래요. 돈은 아직 젊으니까 벌면 되지요." 했다. 그 말을 들으니 질부가 고맙고 예뻤다. 참 올케언니는 맏며느리 잘 봤다는 생각이 들었다. 조카부부에게 "고맙네! 고마워"했다.

부모가 힘 있고 능력 있을 때 잘하는 건 누구나 할 수 있으니, 그건 효도가 아니란 생각이 들었다. 힘없고 어린 아이처럼 되었을 때 헌신적으로 돌보는 질부가 진정한 효를 하는 구나 싶었다. 문병 가서 입원비도 못 보태주고 조카부부에게 오히려 대접만 받고 왔다. 그들의 삶을 알기에 더 미안하고 가슴이 아팠다.

'긴병에 효자 없다'는 말이 있다. 비록 생활은 넉넉지 못하지만 자식으로 할 일을 해서인지 질부 얼굴에 웃음기가 감도는 것이 행복해 보였다.

106

"요즘 같은 삭막한 세상에 착한 질부가 우리 집안 맏며느리로 시집 와 주어서 기쁘고 고맙네! 말은 잘 못해도 자네 시어머니께서도 많 이 고마워 할 거야" 했다.

비알* 밭에 피어난 민들레처럼 묵묵한 지혜로움이 좋은 열매를 맺 는다는 생각이 들었다. 묵묵히 나서지 않고 시부모님께 효도하는 효 부가 우리 집안에 두 사람이나 있는 것을 생각하니 자부심이 생겼 다. 나의 이기심인지는 몰라도 좀 더 욕심을 부린다면 조금만 더 건 강해서 손자 대학 가는 것이라도 봤으면 좋겠다는 생각을 해본다.

* 비탈, 편집자 주

운전 연습

 운전대를 놓은 지 6년 만에 새삼스레 다시 운전을 하려니 자신도 없고 겁도 났다. 그래서 연수를 하기로 결심을 하고 지축운전학원에 24만 원을 주고 등록을 했다. 주말에만 연수를 하려니까 3개월을 대기해야 운전연수를 할 수 있다고 하니 난감하지만 목마른 사람이 우물 판다고 울며 겨자 먹듯 결정을 했다.

 3개월 기다리는 시간이 참으로 지루하고 짜증도 나고 한심하기도 했다. 드디어 7월 12일 오전 10시 20분 선생님과 인사를 하고 운전대를 잡았다. 가던 날이 장날이라고 왜 그리 비는 오는지 장대비에 백미러가 보이지 않을 지경이었다. 그래도 조금 긴장은 되지만 할 만하다고 생각을 하면서 배울 때 공식을 머릿속에 입력을 했다. 일주일에 한 번씩 3주가 걸려서 10시간이 끝이 났는데 혼자 차를 끌고 나가려니 기름도 아깝고 조금은 겁이 났다. 그런데 아들이 오더니 나더러 나이가 있으니 연수를 많이 하라고 하며 연수를 자기가 해준다면서 토요일 밤에 와서 일요일 3~4시간을 힘든 난코스로만 가자고 하더니 이제 잘 하신다고 한다. 아들 옆에 태우고 운전하는 재미도 괜찮다는 생각이다. 하지만 연수를 하면서 새삼 아들을 다시 보고 많은 생각을 하기도 하고 대견하다고 생각했다.

"엄마, 좌회전 있어요. 좌측 깜빡이 켜세요."

"예, 선생님."하며 웃으면서 운전을 하니 참 기분이 좋았다. 아들이 옆 좌석에 누굴 태울 거냐고 묻기에 눈이 맑고 깨끗한 남자 있으면 태우면 안 되냐고 하니 씩 웃는다. 아들에게 일하고 힘들 텐데 연수까지 시켜주니 고맙고 기특해서 어쩌나 했다. 힘들지만 야간운전도 해봐야 하니까 더 해드릴 테니 마음 푹 놓고 운전하세요! 한다. 그러면서 하는 말이 "엄마, 아까 맑은 눈을 가진 사람은 없어요?"하며 "죄송합니다. 자식 노릇 못해서 미안하고 또 미안합니다. 열심히 사람답게 엄마 실망하지 않도록 살게요. 우리 엄마도 이제는 많이 늙었네요."한다.

"엄마, 저는요 우리 엄마가 늙은 행세 안 하고 도전한 우리 엄마가 좋고 자랑스럽습니다. 우리 엄마, 파이팅!"

전화 한 통의 행복

"어르신, 원당종합 복지관 생활 지원사 임 선입니다."

예쁜 목소리로 친절이 가득담긴 전화 한 통을 받고 나면 하루가 즐겁습니다. "신록이 우거진 여왕의 계절 5월 4일 어르신들 몇 분 모시고 장수사진을 찍어드리는데 어르신도 찍으시겠어요?" 조심스럽게 걸려온 전화에 조금도 망설임 없이 찍겠다고 했지요.

선생님께서 꽃 화분, 스킨로션까지 들고 '어르신 저 왔어요.'하며 들어왔지요. 원당복지관이 어디 있는 줄도 모르는 나를 위해 바쁘신 중에도 길라잡이 하러오셨지요. 다른 어르신 모시러 온 차로 합승해서 제가 편하게 갔지요. 복지관에 들어서니 정이 많은 선생님이 친절하게 맞이해주어서 가족처럼 따뜻한 정을 느꼈지요.

이제 제 이야기를 하려합니다. 어느 날부터 저는 늘 혼자라는 생각에 스스로 우월감에 묶여 헤어날 수가 없더군요. 그러던 어느 해부터, 더 정확하게 말하자면 60이 지나면서 남들 앞에서는 손이 떨려 글씨도 쓸 수 가 없더군요. 그 뒤로는 사람들이 싫고 심장이 쿵쾅쿵쾅 뛰며 손과 다리에 힘이 빠지며 그 자리에 주저앉고 말지요. 그런 일들이 계속되자 여러 병원을 다녔지만 가는 병원마다 불안증이라고 하였지요. 처방전을 들고 약국에서 약을 받아다 먹어도 아무 소용이 없었지요. 이 불청객은 날로 발전해 밤낮을 가리지 않고 찾아와 힘들게 하지요. 이제는 밤이 무서워지기 시작하더니 심지어 이런 생각이 들기 시작 하더군요. 나는 이런 증상이 심해지면 자다가 죽어서 시체가 방에서 부패해도 모르겠구나! 이런 아니한 생각이 저를 괴롭히더군요. 그래서 밤이 싫고 무서웠지요. 이런 일을 겪으면서 손이 떨려서 예쁜 글씨를 못 쓰니 창피하고 민망해서 어찌하면 좋지 하며 지내던 어느 날, 옆에 사는 친구가 동 사무소에 생활 지원 신청했다며 오늘 복지사님이 오신다고 해서 시간에 맞춰 갔지요.

조금 있으니 선생님 두 분이 오셔서 친구면담이 끝나고 염치 불고하고 내 속내를 털어 놓고 선생님 저도 신청해달라고 부탁을 했지요. 그런데 제가 운이 좋았나 봅니다. 선생님께서 친절하게 신청해 주셨지요. 늘 외롭고 쓸쓸했던 지난 세월과 달리 2022년 어버이날은 사진도 찍고 꽃 화분도, 티셔츠, 선물도 받으니 흐뭇했지요.

선물도 좋지만 뭣보다도 감사한 게 정이 듬뿍 담긴 사랑의 전화 한 통에 외롭고 허전했던 마음의 냉기가 봄볕에 눈 녹듯 녹아버리지요.

원당종합 복지관 젊은 생활 지원사 선생님들을 보면서 살아온 지난 날을 돌아보게 되군요. 돌아본 세월은 부끄럽게도 잘 한 일이 없더군요. 저에게 남은 삶은 후덕하게 살 것을 다짐해봅니다.

정의의 여성

 텔레비전을 보고 있는데 아주 반가운 프로를 보게 됐다. 고 전태일 열사의 동생 전순옥이란 말이 티비에서 흘러나오는 순간 나는 읽던 책을 접었다. 그리고 텔레비전에서 눈을 떼지 못 하고 귀를 쫑긋 세우고 두 눈을 부릅뜨고 보았다. 60-70년대 노동자를 위해서 하나밖에 없는 몸을 불태우던 전태일 열사의 동생 역시 훌륭한 여인이었고 보통의 인물이 아니었다. 그 오빠의 피와 열정이 과연 헛되지 않았구나 하는 생각이 들었다.

 순옥 씨는 오빠 전태일이 죽은 후에 창신동에 봉재 공장에서 일을 하는 노동자들 가정 형편을 생각해서 탁아소를 만들었고, 십대 노동자 청소년 숙소를 만드는 일을 했다고 한다. 그리고 85년에 일본과 다른 나라에 가서 노동자들을 만났다고 한다. 당시만 해도 다른 나라에 비해 우리노동자 근무시간이 너무 많으면서 환경 또한 열악했다고 한다. 이렇게 노동자 근무하는 시간이 길다보면 앞으로는 누가 일을 하겠느냐고 한다. 노동자 근무시간이 개선되지 않고 이 상태로 나가다보면 앞으로는 누가 옷을 만들겠느냐며 이런 일을 하는 시간을 하루에 8시간으로 해야 옷을 만들 사람들이 계속해서 일을 할 것이라고 말을 한다. 그 말의 뜻을 생각해보니 전태일 열사가 부르짖던 목적을 마저 이루려던 것 같다.

그 주장하는 이유는 참으로 훌륭한 생각에 박수를 보내고 싶다.

이 여인은 현재 영국에서 12년 동안 공부를 해서 박사 학위를 받고 오빠가 일했던 창신동으로 돌아와서 노동자 발전을 위해서 일을 하겠노라고 한다. 과연 태일의 붉은 피가 헛되지 않았고, 전순옥 씨의 오빠 태일 군과 그 어머니께 다시 머리가 숙여진다. 참으로 유명한 열사의 가족이다.

다시 한 번 젊은 시절이 주어진다면 후회 없이 이 사람들처럼 좋은 일을 하며 살아 보고 싶다. 나는 이분들의 정의로움에 살고 정의에 죽는 이 사람들이 부럽다.

정의를 위해서 열정을 불태우는 사람들이 참으로 훌륭하다.

축제의 함성

　주변에서 외국 사람들을 흔히 만났지만 예사로이 여겼다. 어디서 왔는지 어느 나라 사람인지 알려고도 않고 관심 밖이었다. 그러다 얼핏 들으니 해마다 미얀마 사람들은 부천 종합 운동장에서 연례행사로 축제를 치른다고 한다. 문학행사도 있다고 하여 창작21 작가회 분들과 행사에 참석해보니 등잔 밑이 어두워도 이렇게 어두울 줄 몰랐다. 넓은 운동장 가득 까무잡잡한 청년들이 모여있는 것이었다.

　사람들은 무대에서 노래하며 춤추고 정신없이 즐겼다. 무대 아래서는 고무 호수로 관객들에게 물을 뿌렸다. 물을 뿌리는 이유는 복 받으라는 그 나라의 풍습이고 축제에 빠질 수 없는 등장 프로그램이란다. 이맘때면 그들 나라, 미얀마에서 이런 축제를 15일 동안을 한다고 한다. 금년 행사에는 현지 여가수 두 사람을 초청했단다. '그래서 저렇게 좋아하는 구나'하며 다른 천막으로 갔다. 우리나라에 와 있는 외국인들을 위해 부천시에서 협찬하고, 하나은행, 미얀마 사람들 개인으로도 후원해 이 축제를 한다고 한다. 과연 '우리도 7~80년에 중동으로, 독일로, 사우디로 외화 벌이하러 나갔을 때 그 나라에서는 이렇게 대우했을까' 싶었다.

　그런데 사람들 생김새가 조금은 달랐다. 나의 고질병 궁금증이 또

도발해, 알아보라고 재촉했다. 미얀마 문학인에게 취재하듯 조심스레 그 나라 민족에 대해 물었더니 미얀마는 120여 민족으로 구성되어 있단다. 라오스, 캄보디아와는 구별하기도 어렵게 같은 민족 구성원이란다. 나는 놀라지 않을 수 없었다. '하긴 우리도 중국, 일본 각 나라에서 들어와 사는 사람이 많은데 뭘 놀라기는'하는 생각이 들었다.

얼마나 외로웠으면 서로 얼싸안고 좋아하는 모습이 콧등이 찡했다. '그래 타국에서는 고향 까마귀만 봐도 반가운데 서로 좋아하는 모습을 보니 뿌듯했다. 한 중년의 미얀마인은 고국을 떠나 살면서 미얀마의 민주화 운동을 한단다. 그 사람과 인사하는데 왠지 마음이 뭉클했다. 우리 선조 김구 선생, 안창호 선생도 하얼빈, 상하이에서 나라 안위를 위해 독립운동을 했다. 그분들이 머리를 스쳤다. 나라를 떠나봐야 진정한 애국자가 된다고 한다. 아마도 그분도 우리 선조들처럼 나라 밖에서 민주화 운동을 하는가 싶었다.

다른 천막 안에서도 자기 나라 음식을 나눠 먹고, 전통음식 만드는 남자들의 이마엔 땀이 송골송골 맺혔다. 그 동안 자기 나라 음식이 얼마나 먹고 싶었을까 싶었다. 하기야 우리도 며칠 외국 나들이 갈 때면 멸치, 고추장, 김, 등을 싸가지고 간 적이 있지 않은가.

햇볕은 쨍쨍 한여름처럼 더운데 미얀마 청년들이 나에게 반갑다며 인사를 했다. 전통 음료라고 주는데 내 입맛에 맞지 않았다. 또 다른 테이블에서도 마찬가지였다. 운동장을 한 바퀴 돌아보는 중 미얀마 여가수가 자기네 전통의상을 입었다. 그 옆으로 지나는데 사진 찍자는 줄 알고 웃으며 포즈를 취한 가수와 사진을 찍었다. 내 뒤에 거무스름한 남자도 자랑하듯 전통 롱 치마를 입고 문창길 대표와 친절하게 이야기를 나눠었다. 그 사람이 행사 주관 한다고 했다.

주변을 돌아보니 우리 시 20편이 미얀마 글로 번역 되어 전시되어 있었다. 그 걸보면서 참 문학의 열정이 대단하다는 생각을 했다. 외국사람 축제에 우리 민중의 지팡이 전경들이 이곳저곳에서 질서정연하게 도우미 하는 모습이 흐뭇했다.

말도 안 통하고 낯선 곳에 일하는 모습들이 대견해서 수고한다고 격려를 했다. 다음해도 오라고 하며 손가락을 걸고 다짐까지 했다. 미얀마 축제를 뒤로 하고 전철을 탔다. 옆 자리에 미얀마 청년이 앉았다.

"왜 벌써 가느냐." 물었다 "너무 늦으면 대전 가서 쉬었다가 내일 일을 해야 하니까 가야합니다." 했다.

그 말을 들으니 왠지 고맙기도 하고 안됐기도 했다.

열심히 일하는 모든 외국 근로자들, 건강하고 반드시 뜻을 이뤘으면 한다.

3부

산은 변하지 않고

어느 가을날의 문학행사

　가을바람에 들뜨기 쉬운 이른 아침. 따르릉따르릉 자명종 소리에 부스스 눈을 뜨니 아침 5시 30분이다. 허둥지둥 부산을 떨며 요란하게 하루의 문을 열었다. '노처녀가 시집가려니 혼인 날 비가 내린다'라는 옛말이 떠오른다. 내심 오늘 비라도 내리면 어쩌나 하고 걱정이 되어 창문을 활짝 열고 하늘을 보았다. 이거 웬일 걱정과는 달리 하늘은 높고 푸르게 눈이 부시고 화창 한 가을 날씨였다. 아직 싱그러운 푸른 입새들도 붉은 옷으로 갈아입지 않았지만 내 마음은 설렘으로 가득했다. 오늘같이 조금 특별한 날, 기대와 걱정을 하는 사람이 비단 나만이 아닐 것이다. 우리 문학회 회장님, 임원님들께서도 아마 밤잠을 설쳤을 것으로 생각 된다. 그렇지만 살살 불어오는 가을 바람결에 하늘하늘 울긋불긋 피어 있는 살살이 꽃을 볼 생각에 난 철없는 아이처럼 마음이 설레고 있었다. 그도 그럴 것이 내가 존경하는 일행들과 함께 할 수 있어 더욱 더 즐겁고 행복했으리라 생각된다. 이 글을 읽는 독자들께서 도대체 무슨 말을 하려고 본론은 없고 서론만 잔뜩 늘어놓는지 모르겠다고 생각할 수도 있으니 이제부터 우리 일행들이 어디를 갔는지 써볼까 한다.

2010년 어느 가을 날 코리아 문학 회원들이 영월에서 개최한 김삿 갓 축제에 기행을 갔다 온 이야기를 써볼까 한다. 당일 오전 8시30 분에 버스가 출발이라고 하는데 난 마음이 바빠지기 시작했다. 그도 그럴 것이 40명이 하루 먹을 음식을 아는 아우네 가게에다 주문을 했는데 오전 8시 전에 음식을 배달을 해달라고 했더니 바빠서 못 한 다기에 택시로 가져와야 했다. 다행히 버스 시간에 늦지는 않아 안 도의 한숨을 쉬었다. 그때 여기저기서 전화가 걸려 온다. '나 13번 출 구야.', '저 12번 출구인데요.' 어디로 가야하느냐며 묻는 일행들이 속속 시간 전에 모여 들었다. 다행히 버스는 예정 시간보다 조금 늦 게 왔지만 이번에는 회장님께서 늑장을 부리신다. 출발시간이 늦어 지니 마음은 초조해지기 시작한다. 예정대로 출발을 해도 영월까지 갔다 오면 밤 10시가 넘을 것이 불을 보듯 훤하다. 시간이 늦어지는 바람에 여기저기서 주최측을 향한 웅성웅성 하는 소리가 들리지만 아무 말도 못했다.

다행히 버스는 순조롭게 달리기 시작했고 아침은 버스 안에서 김 밥을 먹었다. 다른 여행과는 달리 조용해서 일행들이 재미없다고 하 겠다 싶었는데 중간 중간 박 감사님께서 김삿갓 시에 대한 설명을 했다, 그 뒤를 이어서 방송 통신대 박 교수님께서도 자기소개도 하 고 회장님도 회원들께 인사 말씀을 했다,

그런데 이상하게도 내 마음이 초조하고 불한하다. 임원들이 왠지 기분이 썩 좋아 보이지 않았기 때문이다. 아마도 버스가 달리는 도 중에 지연이 되어서 영월까지 갔다 오려면 쫓기듯이 갔다 와야 했기

때문인 것 같다.

회원 중 한분이 기사님께 이렇게 묻는다. "기사님 영월에 몇 시쯤 도착할 것 같습니까?" 기사님은 오후 두시에 도착 한다고 말씀을 하신다. 가다가 휴게소에서 점심을 먹고 가자는 의견이 나와 그러면 박달재 휴게소에서 먹자고 했다. 버스가 주창으로 들어가 세우자 회원들은 음식을 먹을 자리를 잡고 밥을 먹었다. 임원, 회원들 할 것 없이 잘 먹는 걸 보니 마음이 즐거웠다. 점심이 늦어져 다들 음식을 감칠맛 나게 먹는 모습에 과연 시장이 반찬이라는 그 말이 명언이란 생각이 든다. 점심 식사가 끝나고 버스는 허둥지둥 영월을 향해 햇볕을 가르며 달렸다.

얼마를 달렸을까 영월에 도착하니 행사장 주변에는 삿갓님 시 족자가 줄지어 어서 오라고 우리를 반긴다. 행사장에서는 노래와 춤으로 요란하게 각지에서 오신 손님을 맞이하고 우리 일행은 서둘러서 기념관으로 들어갔다. 전시 된 작품을 30분 정도 관람을 하고 나와서 삿갓님 묘지에도 가고 여기저기를 서둘러 보고 박 태상 교수님 설명도 듣느라고 몹시 바빴다. 전시장 작품 시를 관람을 하는데 내용이 온통 한문이라서 조금 이해가 잘 안되나 싶었지만 옆에 한글로 해설을 해 놓았기에 좋았다. 버스는 영월에서 3시 30분에 출발 예정이었는데 엎어진데 덮친 식으로 회원 중 한분이 삿갓님 생가까지 가는 바람에 출발이 늦어졌다. 회원들 인원 확인이 끝나자 버스는 힘차게 출발을 하고 회원들은 조용하다 못해 침묵 속으로 빠진 것 같았다.

아마도 다른 관광이었다면 버스 안에서 술도 마시고 춤추고 하며 시간이 늦다고 지루하다고 불평하지 않았을 것이다. 하지만 그런 관광보다는 이름이 조금 다른 문학 기행이었고 다들 문학인이란 체면 때문인지 회원 모두가 참고 인내하는 모습은 나를 놀라게 했다. 해는 어느새 서산으로 기울고 버스는 어둠을 가르며 다음 목적지인 팔당에 위치 한 2부 행사장을 위해 휴게소에도 들리지 않고 달렸다. 오후 7시쯤에 팔당에 도착해서 부랴부랴 회원 서너 명이 서둘러 저녁밥을 탁자에 차렸다. 2부는 시낭송, 우리를 즐겁게 해주는 성악, 하모니카 등등 재미있는 프로그램이 짜임새 있는 행사였다.

이 모든 행사 진행자였던 회장님과 그 뒤에서 밤낮을 구별 없이 노력하신 분들을 보며 돈도 생기는 일도 아닌데 저렇게 고생하는 모습에 안쓰러운 생각이 들기도 했다. 그토록 힘들게 준비한 분들에게

저녁 먹은 뒷설거지를 하다 보니 인사 할 기회를 놓치고 말았다. 팔
당 행사가 생각보다 늦게 끝나는 바람에 서울 도착은 밤 열두시가
넘었다. 일행들은 좋은 행사에 초대해 줘서 고맙고 즐거워했고 그
모습에 나 또한 기뻤다. 각처에서 모인 회원들은 택시로 혹은 심야
버스로 집을 향해 돌아갔다. 나도 평소에 신뢰하는 형님, 회장님, 임
군이 짐을 사무실로 옮기는 것을 보고 가까운 곳에 있는 찜질방으로
가서 자고 다음 날 아침에 집으로 갔다.

사랑하는 아우 박애숙과 함께

산은 변하지 않고

오랜만에 등산을 가려고 마음먹고 산을 오를 때 필요한 소지품을 챙겼다. 그리고 친한 형님과 시간 약속도 하고 나니 마음은 몇 년 전 산악인으로 돌아간 것 같다. 다음 날 아침 7시 30분까지 불광역에서 형님과 만나기로 했다. 그런데 이거 야단났다. 약속시간이 20분밖에 남지 않았다. 아침이라서 제법 추운데 나를 길에서 기다릴 생각을 하니 지하철이나 버스로는 갈 엄두를 내지 못했다. 그래서 택시를 타고 가서 형님을 만나니 웬일로 택시니 하신다. 둘이서 버스를 타고 종로 파고다 공원 앞에서 예 친구들을 만나니 고향에 온 것처럼 반겨주고 나 또한 친구를 만나니 반갑고 즐거웠다.

언제나 산악인들은 1월이면 동서남북 중에서 손 없는 쪽으로 방향을 잡아서 시산제를 지낸다. 오늘도 예전과 다름없이 관광버스 2대로 회원들을 나눠 태우고 산행 목적지로 차는 달렸다. 그리고 산행 목적지 두밀이란 곳에 도착하니 제를 준비할 사람들은 산행을 하지 않는다고 한다. 그래서 일에 지친 우리 친구들은 제를 준비하는 사람들을 뒤로 하고 가까운 곳이나 걷자고 했다. 친구들과 계곡을 따

123

라 오르는데 장소가 낯설지 않아서 사방을 돌아보니 역시나 4년 전에 와서 시산제를 모시던 곳이었는데 그때와는 사뭇 다르게 변해버렸다. 그토록 물 좋고 산세 좋았던 곳이 너무 많이 훼손 되어서 내 마음은 씁쓸하다. 그러나 변하지 않은 것은 여전히 흐르는 물밖에 없다.

한참 흐르는 계곡물을 바라보며 친구와 시간 가는 줄 모르고 이야기를 하다 보니 드디어 배꼽시계가 시간을 알린다. 제를 모실 곳으로 내려와 보니 회원들 몇 사람이 준비하고 있다. 그래도 우리는 미안하기는 커녕 먹기 바쁘다. 어느 정도 배를 채운 후 보기 좋게 차려 놓은 제사상을 보니 상 한 복판에 돼지머리가 입을 쩍 벌리고 웃고 앉아 있다. 바람은 세차게 불어오는데 이상하게도 촛불은 꿋꿋이 자기 몸을 태우며 상을 밝히고 있다. 촛불이 제 몸을 태우고 있을 때 제를 지내는 의식을 진행하기 시작한 것이다.

국기에 대한 예를 올리고 죽은 영령들에 대한 묵념을 하고 축문을 읽었다. 그 다음으로는 뜻있는 분들이 돼지 입에 파란 지폐를 물리고 술 한 잔을 올리며 절을 하고 제는 끝이 났다. 그리고 회원들은 술과 고기를 먹으며 참으로 즐거운 시간을 가졌다.

아무리 힘들어도 쉬는 날이면 산으로 가야 맑은 산소와 탁탁한 이산화탄소를 교환해야 하겠다. 역시 맑은 공기는 산이다. 언제나 산은 변하지 않는다.

졸업여행

"엄마야~"하는 소리에 깜짝 놀란 나는 소리 지른 앞좌석에 앉은 사람의 등을 치며 눈치를 주었다. 비행기를 처음 타본 그 사람이 장난기가 발동했는지, 아니면 진짜로 겁이 났는지 모르겠다. 또 내 옆좌석에 앉은 사람은 비행기 창밖을 내다보면서 스마트 폰으로 구름 사진을 찍어대니 옆에 앉은 나는 집중이 되지 않아 참 불편했다.

늦깎이 학생들이 졸업 여행으로 제주도를 가는 길이었다. 비행기 내에서 스마트폰 모두 끄라는 기내 방송 안내에도 불구하고 학생들은 따르지 않았다. 나 역시 공부할 시기를 놓치고 다 늙어서 공부하는 것도 창피한데 뒤늦게 졸업 여행을 학교에서 간다고 해서 많이 망설이다 떠난 여행이었다. 한창 딸이나 손녀 같은 예쁜 아이들 속에 섞인 늦깎이 학생들과 김포공항에서 열두 시 십 분에 기내 방송에 따라 비행기에 탑승을 해 한 시간 후에 제주 공항에 내렸다. 그리고 첫 번째로 간 용두암에서는 갯냄새에 취했다. 썰물에 용두암이 드러나 위험을 무릅쓰고 바위에 올라가 해초를 땄다. 해초를 들고 사진을 찍고 있는데, 인솔하는 교사들이 위험하다며 빨리 나오라고 했다. 작은 파도 맑은 바닷물이 아름다워 용두암과 바닷물을 배경으로 온갖 폼을 잡고 찍은 사진은 또 나중에 보니 별 볼일이 없었다. 파랗고 까만 해초를 들고 나오니 선생님들이 보는데도 아슬아슬하다고 했다.

반 별로 용두암을 배경으로 단체 사진도 찍었다. 제주의 가장 유명한 명물인 용두암은 생김새가 용머리처럼 생겼다 하여 붙여진 이름이란다. 아름다운 바다를 뒤로하고 다음 장소로 이동했다. 버스는 달려 한림공원에 들러 싱겁게도 큰 뱀 구경을 했다. 분명 내 눈에는 모조품 같은데 다른 사람들은 살아 있다고 했다. 여기저기가 참 신기한 식물들이 많았는데 거기에 백년초도 한 자리를 차지하고 있었다. 오밀조밀한 분재들을 보며 연신 신기하다며 감탄하고 서로 짝지어 사진을 찍어댔다.

그리고 용이 지나갔다 해서 용두 동굴이라고 하는 굴속으로 들어갔더니 수업시간에 선생님이 설명해주신 그대로였다. 역사는 교과서로 보고 선생님께 듣는 것보다 눈으로 현장을 보는 것이 이해가 빨랐다.

용두 동굴을 뒤로 하고 해변을 따라 버스는 달렸다. 그 이름도 유명한 드라마 대장금 촬영장을 들러 그 곳에서 저녁으로 해물탕을 먹는데 입안에서 모래가 으그적 씹혀 밥을 먹다 말았다.

숙소로 돌아와 방 열쇠를 받고 짐을 풀고 나니 공기 좋고 하늘에 별들은 반갑다고 손짓하며 웃고, 개구리들 노래 소리를 듣노라니 바로 여기가 바로 천국인가 했다.

우리 방 식구들은 나이든 학생들을 양보하고 배려해서 참 편하게 해주었고 임원들이 준비해온 음식을 나눠 먹고 놀다보니 더 다정한 친구가 되었다.

다음날 아침에 6시에 기상, 6시50분에 아침을 먹고 성산 일출봉에 올라가 툭 터진 바다를 보며 어찌나 좋은지 정신 줄을 놓을 뻔했다. 찌든 서울생활 모두 모아 바다에 몽땅 던져 버리고 깨끗한 마음으로 아니 새로 태어난 기분으로 바꾸고 싶었다. 그날 오후 표선 민속 박물관에는 다른 학생들은 다 구경하러 가는데 한 학생과 나는 피곤해서 가지 않고 주차장에 앉아있었다. 학생들이 구경하고 돌아오자 버스는 숙소로 달렸다.

숙소에 도착을 해 저녁을 먹고 그동안 갈고 닦은 장기자랑을 선보일 시간이 와서 나이가 어린 학생과 나이 많은 학생이 조를 짰다. 교사들은 교사들끼리 조를 짰는데 머리에 노란 가발을 쓰고 나와서 율동하고 뛰고 노는데 그 사람이 그 사람 같아 도무지 알 수가 없었다. 저런 끼를 감춰놓고 어떻게 살았을까? 하면서 학생들은 놀라 입을 벌렸다. 교사들은 하루 종일 수업 준비도 힘들 텐데 언제 연습을 했는지 무대의 꽃이었다. 어느 반이 잘하고 못 하는 것을 떠나서 교사들 이름이 적힌 상품을 다 받았다. 우리 반은 받은 상품을 풀어 보니 내용물이 방울토마토였다. 다른 반들도 과자나 사탕이라고 했다. 그날 밤 상으로 받은 토마토를 먹으며 밤새도록 웃고 즐겼다.

여행 마지막 날 아침, 같은 방을 쓴 6명은 서로 추억을 남기자며 사진을 찍고 아쉬움을 안고 버스에 올랐다. 오는 길에 들른 천지연폭포에서는 자연의 아름다움에 반해 함성을 토해냈다. 은은한 향기, 파란 잎에 싸여 쏟아지는 물줄기가 마음속까지 씻어 내었다.

우리 반 담임은 어디서나 앞에서 사진 찍느라 수고가 많았다. 사춘기 소녀처럼 좋아서 함성을 온몸으로 쏟아내고 우리는 한라산 등반길에 올랐다. 너무 많은 구경을 했기에 몸이 말을 듣지 않아 올레길은 돌지 못했다.

제주는 올 때마다 변했다. 이 곳 저 곳 많은 여행을 다녔지만 이렇게 즐겁고 행복한 추억은 아마 처음이자 마지막일 것이다. 바다 건너 작은 섬 제주를 뒤로 하고 김포공항으로 날아왔다. 늦은 학교생활 졸업 후에 돌아보면 혼자 웃고 추억의 앨범을 한 장씩 넘기면 그리워 할 것이다.

친구들과 산행

새벽부터 서두르며 부산을 떨고 이것저것 주섬주섬 배낭에 담았다. 그리고 6시 40분에 가까이 사는 친구에게 전화를 걸었다. 그런데 이게 웬일인가. 세상에 깨우지 않았더라면 늦잠 때문에 이 친구는 산에 못 갈 뻔했다. 부리나케 서둘러서 시간에 맞게 전철을 타고 종로3가에 도착하니 강원희 친구가 와있다. 반가워 인사를 하고 산행 버스 출발지로 향했다.

버스 한 대만 와 있고, 한 대는 오지 않아서 물었더니 음식을 싣고 오기 때문에 조금 늦는다고 한다. 조금 있으니 역시 버스가 왔다. 음식을 실은 버스에 내가 아는 형님들이 탔다. 1호차에 탄 형님들을 2호차로 오시게 했다. 일행들이 옹기종기 앉으니 역시 좋았다. 아침으로 김밥 한 줄씩 나눠주었고 떡과 양말도 주었다. 이 모든 것들은 종로산악회 20년이 되는 시산제 기념 선물도 있었고 그래서인지 사람들도 많이 모인 것이다. 사람들이 다 모인 것을 알고 예정된 시간인 8시에 차는 출발을 했다. 이번 산행 목적지인 가평 축령산을 향해 힘차게 달리는 차를 타고 일행들과 수다를 떨고 있으니 어느새 목적지에 도착했다.

같이 온 형님들에게 이번 산행은 중간에 포기하지 않고 끝까지 산을 오르겠다고 말씀을 드리고 친구 두 명과 산을 오르기 시작했다. 오랫동안 산을 오르는데 참 힘이 들고 가슴이 아프다. 그런데 친구 원희 씨와 금순 씨가 나보다 산을 잘 타는 것이다. 사람들 모두 잘도 오른 것을 보면서 죽기 아니면 살기로 산을 올라가는데 친구들은 벌써 올라가 버렸다. 그런데 종로 산악회원이 서리산으로 내려가야 하는데 그쪽이 응달이라서 아이젠 없이는 내려갈 수가 없으니 올라왔던 데로 내려가야 한다고 했다. 그 말을 듣고 "금순 씨! 원희 씨!"하고 불러도 대답이 없다. 그래서 힘들지만 할 수 없이 정상을 바라보며 올라갔다. 한참을 올라가는데 산 능선이 너무 미끄러워서 앞에 가던 남자가 넘어졌다. "어머나! 어떡하면 좋아요. 다친 데는 없나요?"하는데 그 말이 끝나기도 전에 나도 넘어졌다. 옷은 다 젖었지만 다행히도 하늘이 도왔는지 다친 데는 하나도 없다. 넘어진 것이 속으로 화가 났지만 계속 올라갔더니 원희 씨와 금순 씨가 정상에서 쉬고 있다. 왜 그렇게 산을 잘 오르느냐며 말을 하고 내려가자고 했다. 그리고 능선을 따라 내려오는데 다리가 후들거린다. 어찌나 무섭던지 바위틈에 매어 놓은 밧줄을 잡고 내려왔다. 밧줄을 잡고 내려올 때 매순간 순간에 원희 씨 걱정이 되는 것이다. 어찌 됐든 간에 친구들도 조심조심 잘도 내려온 것이다. 예전에도 축령산을 한두 번 온 적이 있어서 산세가 험하다는 것은 익히 알고 있었다. 그렇지만 이번 축령산은 눈이 녹지 않아서 그런지 악산 중에 악산이었다. 가까스로 내려오는데 아는 형님들께서 시산제를 다 지냈다고 빨리 내려오란 것이다. 내려오니 다른 사람들은 점심을 다 먹고 늦게 내려온 사람들만 남아서 밥을 먹는데 형님들께서 먹을 것을 자꾸 챙겨주신다.

이번 산행은 오르기도 힘들고 내려오기도 힘들었지만 참으로 의미있는 산행이다. 새로운 친구들과 산행도 하고 오랜만에 맑은 공기도 마시고 깔딱고개를 올라 정상까지 갔으니 생각만 해도 기분이 좋다. 나도 생각과는 달리 힘들지 않았다. 앞으로 산행할 때 늘 정상까지 올라볼 생각이다.

"이보게! 친구들, 다음날 몸살병 나지 않았어?"

보배산 산행

몸과 마음이 답답하여 산행이나 할까 하여 일정을 잡고 아침 일찍 준비를 해서 집을 나섰다. 그런데 큰일이다. 너무 오랜만에 겨울산 행이라선지 산행에 필요한 도구를 빼놓고 간 것이다. 겨울산행에서 는 없어서는 안 될 아이젠을 가져가지 않았으니 산을 오르기는 틀렸다. 그것 말고도 빼놓고 간 것이 한두 가지가 아니다. 불광동 형님과 만나서 배낭을 뒤지다 생각났으니 되돌아 갈 수도 없었다. 그래서 오늘은 산행할 생각을 포기하고 그저 차나 타고 드라이브나 해야 하겠구나 하는 생각을 하며 종로3가에서 대기 중인 관광차에 오르니 사람들이 오랜만이라며 남녀 할 것 없이 손을 잡고 반갑다고 아는 체를 한다. 나도 내심 반가운 분들이어서 인사를 하고 차 안을 둘러보니 회원들이 많이 오지 않았다. 자리를 잡고 앉아서 오랜만에 산행 이야기로 주거니 받거니 하다 보니 버스는 출발신호를 보낸다.

버스는 신나게 쌩쌩 달려서 괴산군에 자리한 속리산 쌍고개 등산로에 우리를 내려놓았다. 배낭을 메고 버스에서 내리니 맑은 시냇물 흐르는 소리가 졸졸 내 귓전을 울리며 나를 반긴다. 여기는 세 번인가 와 본 산이라 낯설지가 않고 반갑기도 하며 외출했다 돌아온 집 같은 느낌이 든다. 하얀 눈 속에서도 추운 줄도 모르고 쓸쓸하게 서 있는 나무들은 돌아올 봄에 피어 낼 새싹을 만들어 볼이 터질 듯이 입 안 가득 머금고 있다. 목련나무나 버들강아지들은 더욱 더 탐스럽게 꽃망울을 에워싸고 있는 것이 만삭의 임신부처럼 보였다.

산길이 얼음으로 뒤덮인 등산로를 걷다보니 산골짜기에 맑은 시냇물이 유리알 같았다. 얇은 얼음 사이로 졸졸 소리를 내며 흐르는 계곡을 지나 산에 올랐다. 찬바람 쐬니 정신은 한결 맑고 개운해 기분은 띵고 띵고 최고였지만 등산 안정 장비를 죄다 놓고 왔으니 한 발, 한 발 발을 내딛는 것이 무섭고 조심스러워 산을 더 올라갈 수가 없었다. 그래서 조금 오르다 포기를 하고 버스가 있는 곳으로 하산을 해 점심 먹을 준비를 했다. 모두들 모여서 점심을 먹고 난 후 산 정상까지 간 일행들이 오지 않아 기다리는 동안 차 안은 풍악이 울리고 신명 있는 사람들은 일어나 음악에 맞춰 춤을 췄다. 흔들고 노는 것이 미니 스탠드바가 아닌가 싶다. 일행들은 옷이 땀에 젖도록 막 춤을 추고 있는 것을 보고 있자니 나도 즐겁다. 아마 한 시간 쯤 뛰고 춤을 춘 것으로 짐작이 된다. 정상 간 사람들이 내려왔다. 차에 오르면서 정상에 못 간 사람들에게 약이라도 올린 것처럼 "아~ 보배산은 겨울산이 더 아름다워요! 참 좋았어요."하며 감탄을 하였다. 그분들이 참 부러운 생각이 들기도 하고 내가 늙어 감을 느끼며 쓴 웃음을 지었다.

오후 4시 30분 예정대로 차는 서울로 오기 위해서 출발을 했다. 맑은 공기와 유리알 같이 깨끗한 물소리를 뒤로 하며 '굿바이! 잘 있거라.' 인사를 했다. 사람들은 시원하게 뚫린 고속도로에서는 훈련 잘 받은 군인들처럼 조용하게 앉아서 기사가 운전하는데 불편하지 않게 했다.

어느새 서울 종로3가 파고다 공원 앞에 우리 일행은 내려 자기 갈 곳으로 손을 흔들며 헤어졌다. 집으로 돌아오니 내가 요양보호사로 돌보는 노인 생각이 났다. 하루 종일 얼마나 쓸쓸했을까 하는 생각에 조금 미안한 생각이 들었다. 앞으로는 종종 산에 갈 생각을 해보았다. 건강만 따라 준다면 말이다.

겨울 보성여행

여섯 시간 남짓 남으로, 남으로 낮공기를 가르며 달리는 열차에 나는 몸을 실었다. 비록 나이는 조금 차이가 있지만 아주 좋은 형님과 열차 안에서 모처럼 많은 얘기꽃을 피웠다. 여행하면 뭐니 뭐니 해도 열차여행이지 하며 즐거워하시는 것을 보면서 나 또한 즐겁고 흐뭇하다. 기차 창밖을 내다보며 '참! 자연은 아름답다'하며 감상에 취해 있는 순간 드디어 보성역이란 안내 방송이 들린다.

"이제 다 왔나 봅니다."하며 시계를 보니 오후 3시 50분에 도착했다. 그런데 몸도 불편한 언니께서 어떤 젊은 남자분과 같이 타이탄 트럭을 몰고 우리를 마중을 나온 것이다. 노인께서 건강한 모습을 보니 너무 고맙고 감사하다. 함께 간 형님은 차 운전석 옆 좌석에 앉고, 나는 언니와 뒷좌석에 앉아서 건강해서 고맙다는 말을 하며 손을 꼭 잡고 이런저런 사는 이야기를 했다. 한참 동안 못한 이야기를 하는데 앞에 젊은 남자 분께서 "서울서 오신 손님들, 경치 좋은 곳에서 식사나 하고 가시지요. 제가 대접하겠습니다."한다.

인사를 하면서 우리는 정식으로 통성명을 하면서 그 분이 마을 통장이란 것을 알았다. 그리고 몸이 불편한 김 노인에게 음으로 양으로 많은 도움을 준다고 한다. 식사를 끝내고 보성 녹차 밭에 신년을 맞이하면서 만들어 놓은 근사한 트리를 구경하시고 들어가자고 해서 가보니 역시 보기가 좋았다. '은하수 터널'이라곤 하지만 실제로는 철제로 만든 비닐하우스다. 그래도 그 터널을 함께 간 형님과 걸으니 참으로 환상적이었다. 보성에 맑은 밤공기와 녹차 밭 풍경이 보성에서 살고 싶은 마음을 갖게 한다.

다음 날은 율포 해수욕장 바다 구경을 나갔다. 물론 우리 가이드와 함께이다. 시원한 바닷바람을 맞으며 먼 바다를 바라보니 검푸른 바다에서 파도가 일어 앞에 있는 섬을 삼킬 듯이 우리를 향해서 밀려온다.

성난 파도를 보니 예전 소녀시절이 주마등처럼 떠오른다. 갯바람을 맞은 푸른 해송을 보고는 조금 따오고 싶은 욕심이 들었다. 해송이 동맥경화, 고혈압, 신경통에 효과가 있다고 해서 나는 해변에만 가면 해송에 대한 욕심이 생긴다. 그리고 일행은 해수탕을 향해서 발길을 돌렸다. 탕 안에서 넓은 바다를 내다보는 기분은 말로 표현하기 어렵다. 그리고 해수 찜질방으로 갔다. 찜질방은 원래 여자들에겐 지상천국이다. 따뜻한 소금 방, 참숯 방, 옥 방 등등 하루 종일 집에 올 생각은 하지 않는다. 제아무리 나오기 싫지만 어쩌겠는가. 찜질방에서 살 수는 없으니 나와야지 하며 나왔다.

그런데 웬걸 또 우리를 부르는 곳이 있지 않겠는가. 참새가 방앗간을 그냥 지나칠 수가 없다. 저기 가서 회나 먹고 가자하며 들어가서 광어회를 시켜서 먹었다. 일행들이 좋아하는 것을 보니 내가 이분들의 보호자나 되는 것 같은 느낌이다. 그리고 날씨마저 소한 추위라곤 하지만 젊은 통장 착한 마음씨 때문인지 별로 춥지도 않고, 깨끗한 눈까지 밤사이에 소복히 내렸다. 보성의 맑은 공기덕분인지 깨끗한 눈을 밟는 순간 이런 생각이 문득 든다. 세상에 아무도 밟지 않은 눈밭을 내가 밟으니 아득한 옛날로 돌아간 것 같은 기분 말이다. 그런 생각을 하니 주변 사람들로부터 분에 넘치는 대접을 받아서 즐겁기도 했지만 마음 한편은 무겁기도 한 여행이었다.

노인들을 위한 잔치

하루는 딸에게서 전화가 걸려왔다. 4월 16일 토요일에는 어떤 약속도 하지 말고 비워두라는 것이었다. 코 흘리며 학교에 입학하던 게 엊그제 같았던 아들과 딸들이 자신들의 삶을 찾아 각처에 흩어져 살며 어느덧 오십이 되었고 그런 아들, 딸들이 고속버스로, 기차로, 비행기로, 고향이자 모교가 있는 목포에서 부모님들 효도 잔치를 한다는 것이었다.

시키는 대로 아무 약속도 하지 않고 그날을 비워두었다. 딸은 KTX 특실 왕복표를 샀다고 전화로 알려주었다. 그 후로는 이상하게 그날이 기다려지고 설렜다.

딸네 집에 가서 하룻밤을 자고 광명역에서 새벽 기차를 탔다. 동창회의 서울회장과 임원들이 용산에서 타고와 우리 모녀를 맞아 주었다. 열차에서 책 몇 쪽을 읽다 보니 벌써 목포에 도착했다는 안내 방송이 들렸다. 목포회원들이 역전으로 마중 나와 나와 친척처럼 반가워했다.

반가움도 뒤로하고 민생고를 해결하기 위해 아침부터 유명 횟집으로 달렸다. 살아있는 낙지 탕탕이, 낙지 연포탕으로 식사를 끝내고 시간이 있어 고향 친구의 가게로 가서 친구와 옛이야기 하느라 시간 가는 줄도 모르고 있는데 딸 친구가 행사장으로 가자며 데리러 왔다. 차 안에서 딸 친구는 "엄마 여기 어디가 어딘진 이젠 잘 모르겠지요?"했다. 열심히 알려주어도 변해버린 옛 모습을 찾아 볼 수 없었다.

행사장인 목포 체육실에 도착하니 4층을 빌려 동그란 탁자에 하얀 커버를 씌워 놓았다. 영락없이 유명한 호텔식당에 초대받은 것보다 더 훌륭했다. 비가 주룩주룩 내렸지만 동창들은 하나 둘 부모님 모시고 들어오기 시작했다.

오후 4시가 되자 행사를 시작하기 위해 사회자가 마이크를 잡았다. "안녕하세요? 아버님, 어머님들! 건강한 모습을 뵈니 저희들 참 기쁩니다. 동초등학교 동창회 회장직을 맡고 있는 목포 회장 인사 올립니다, 우리 동창들이 전국으로 흩어져 살고 있기 때문에 대전을 중심으로, 서울과 목포 두 팀으로 나눠 운영 합니다."했다.

그 뒤를 이어 서울 회장이 "어르신들을 뵈려고 새벽 기차로 달려왔습니다! 참 잘 왔지요?"하며 농담 섞인 인사를 한다.

순서대로 목포회장, 서울 회장, 목포총무, 서울 총무 소개가 끝났다. 회원 전체가 녹색 조끼를 입고 합동으로 큰절로 행사 문을 열었다. 산해진미가 다 모인 음식을 먹으며 음악과 춤판이 벌어졌다. 아들딸들과 어우러져 춤추고 노래하는 부모들이 좋아서 입이 귀에 걸렸다.

예수님은 반대로 제자들의 발을 씻어주었는데 우리 아들딸들은 부모님들 발까지 씻어주었다. "이렇게 발까지 씻게 해서 참으로 미안하다."고 하니 "이럴 때가 아니면 언제 부모님들 발을 만져보겠어요."하며 주름진 발을 안타까워 하며 씻어 주었다.

초대된 노인들은 여기저기서 요즘 같이 험한 세상에 이렇게 착한 젊은이들이 있으니 아직은 다 못된 것만은 아니라고 하며 입을 모아 칭찬을 했다. 기특하게도 이런 좋은 잔치가 8년째라고 했다. 잔치가 끝나고 부모님들을 집까지 안전하게 모셔다드리고 난 뒤 마무리한다고 서두른다. 일 년에 한 번의 행사라고는 하지만 이 순간의 행복이 다음 해를 기다리게 한다며 동창들은 말했다.

다음날 서울 회장, 총무, 임원들은 열차를 타고 오면서 어르신들이 좋아하는 모습에 우리도 힘이 난다고 했다. 다음 해는 어르신들이 더 좋아할 행사 프로그램을 연구해보자면서 의견을 모았다. 중고등학교 동창도 아니고, 대학동창도 아니었다. 코흘리개 초등 동창들의 대견한 모습을 담임 선생님이 아신다면 얼마나 좋아 하실까 싶었다.

부모님 생전에 이런 핑계 저런 핑계를 대며 소홀했던 것이 그 애들 앞에 많이 부끄러웠다. 대접을 받으면서 문득 부모님 생전에 왜 이런 효도 한 번 못 한 것이 많이 후회가 되고 마음이 아팠다.

젊은 사람들 효도에 다시 한 번 자신을 돌아보게 한 채찍이며 메시지였다. 용돈 드리고, 옷 해주는 것은 당연한 것인데, 그것을 효도로 착각하고 살았다. 살아 계신다면 한 번만이라도 발도 씻어드리고, 머리도 감겨 드렸으면 얼마나 좋아 하셨을까 싶었다. 아들딸들아? 실천하는 너희들 모습에 참 장하다. 엄마가 '화이팅'을 외치고 싶구나.

달라진 고향이지만

 너무 졸려 조금 더 잤으면 좋겠다고 생각하며 눈을 비비고 시계를 보니 새벽 2시. '뭐 이렇게 빨리 출발하지 않아도 되잖아?'하며 세수를 하는 둥 마는 둥 하고 가족들과 길을 나섰다.

 새벽 맑은 공기를 가르며 쭉 뻗은 고속도로에 차는 우리뿐이었다. 몇 시간을 달렸을까 차가 어디로 가는지 아랑곳 하지도 않고 옆 좌석에서 잠이 들었다. 조카가 하는 말이 내 귀에 어렴풋이 들리기에 눈을 뜨고 보니 차는 목포 북항을 진입하고 있다. 날은 밝아서 시계 바늘은 6시를 가리키고 있었다. 뒤에 있는 아이들도 피곤한지 잠에 취해서 어디까지 왔는지 모른다고 한다. "운전하느라 힘들 텐데 옆에서 잠만 잤으니 어떻게 하니? 미안하다"하면서 위로를 해줬다.

 여기서부터는 북항으로 가지 말고 압해대교로 가자고 했다. 몇 년을 기다리던 압해대교, 드디어 내가 죽기 전에 완공이 되다니 하는 생각에 감회가 새로웠다. 그리고 차로 바다 위를 달려서 내 동생들 보러 조카들과 간다고 생각하니 기분이 참으로 좋았다.

 생활필수품을 사려면 배를 타고 목포로 나올 수밖에 없었던 압해도 섬 송공리, 어촌도 아니고 농촌도 아니던 섬 마을이 이제는 작은 도시가 되어 있어서 사람 사는데 편리해서 좋기는 하지만 왠지 내 기분은 씁쓸했다. 순박하고 따뜻한 사람들의 마음이 개발과 함께 모두 사라져 버린 것이 분명해 보였다.

그래서 고향의 향수니 뭐니 하는 생각도 이제는 다 부질없구나 하는 마음이 강하게 밀려들었다. 자온, 암태, 비금이란 이름의 섬들도 예전에는 목포에서 배를 타고 다녔는데 지금은 우리 마을로 배가 출항을 하고 또 고속버스도 다닌다. 사람 살기가 편해지기도 했고 관광객들로 붐비는 관광지가 되었으나 예전의 조용하던 고향은 온데간데 없고 전쟁터같이 부산하다. 그토록 소박하고 살기 좋은 내 고향은 삶의 전쟁터로 변했지만 바다와 산 아름다운 자연 만큼은 훼손하지 않았으면 했다.

동생 남편이 나를 데리고 자랑삼아 여기저기 데리고 다니면서 구경을 시켜주는데 가는 곳 마다 예전에 보던 것은 없었다. 섭섭한 마음에 제부에게 그만 구경하고 집으로 가자고 했다.

동생 친구들이 내가 온다는 말을 듣고 맛있는 것들을 가지고 나를 보러 왔다면서 찾아왔다. 그런 사람들이 너무 고맙다 못해서 눈물이 핑 돌기도 했다. 그런데 그 사람들이 내가 하는 존댓말을 듣더니 "누나, 왜 말이 달라졌어요?"하며 웃는 것이다. "내 말이 달라진 게 아니라 자네들 머리를 보니 자동으로 말에 '요'자가 붙여지네요."했더니 그 말이 참으로 듣기가 쑥스럽다는 것이다. 나를 잘 모르는 젊은 여자들도 찾아와서 반겨주는데 그 사람들이 고맙다는 생각이 들었다.

토요일 아침 일찍 우리 식구들은 배를 타고 바다낚시를 떠났다. 그런데 내 동생 남편은 한 마리도 잡지 못하고 조카들만이 동어 같은 잘잘한 고기들을 잡았다. 평택에 사는 내 여동생과 나는 죽이 맞아서 낙지 사러가자고 배를 타고 갔더니 낙지 여덟 마리에 30,000원을 달라고 했다. 비싼 감이 없지 않았지만 그래도 우리 자매는 돈을 주고 샀다. 낙지발을 쭉 훑어서 바닷물에 씻어서 먹고 돌아왔다.

아쉬운 마음을 뒤로 하고 일요일 예배를 본 교회에서 드릴 마음에 밤늦게 서울로 올라와 보니 여행 경비가 생각보다 더 들었지만 동기간들 만나는 재미가 너무 좋았다. 많이 변한 고향 모습에 향수 같은 감정은 줄어들었으나 좋은 사람들과 내 혈육들이 있는 고향이니 종종 가서 동생들을 만날 생각이다.

만해문학 축전

올 여름은 찜통더위가 땅에 뿌리 내리고 하늘로 머리를 둔 숲, 들 풀들 그리고 사람까지 태울 것 같다.

얼마나 더운지 하천에 물이 말라 모기가 서식을 못하고 타죽고 없 다고 한다. 큰길에 나가면 숨이 꽉 막혀 죽을 것 같아 나가기가 싫다. 그래서 어디론가 더위를 피해 훌쩍 떠나고 싶던 차에 〈창작21〉 작가 회로부터 문자 메시지가 왔다. 매년 8월 둘째 주 12일에 강원도 인제 에서 열리는 만해 축전에 가는데 가실 분 신청하라는 문자였다. 두 말 할 것 없이 잠깐이라도 살인 더위를 피하고 오자는 생각으로 신 청을 했다.

비록 1박 2일이지만 집 비울 생각을 하니 이것저것 정리해야 할 일 들이 많았다. 미리미리 한 가지씩 집안단속을 시작했다. 불볕더위에 밭에 나가 빨갛게 익은 고추도 따서 거실에 너는 등 대충 집안 단속 을 다 했다.

출발 전날 밤 평소 절친한 아우에게 전화를 해 충무로 1번 출구에 서 아침 8시까지 만나기로 약속을 했다. 하룻밤을 자고 오기를 준비

할 것들이 어찌나 많은지, 남자 같으면 간단할 것인데 여자라서 챙겨야 할 것이 더 많았다. 이것저것을 챙기다보니 배낭이 가득 찼다. 밤새 잠이 오지 않아 철없는 아이처럼 설렌 마음에 이리저리 뒤척이다가 날이 밝았다.

아침7시에 일행을 만나 지하철을 타고 충무로에 내렸다. 다른 회원들은 다 와 있는데 찬옥 아우가 안 보였다. 함께한 허 선생과 두리번두리번 하는데 건너편에서 손짓을 하는 모습이 보였다. 대형 관광버스와 25인석 작은 버스가 대한극장 앞 도로에 나란히 서 있었다.

허둥지둥 서로 먼저 탈세라 얼른 버스에 올라타, 나란히 좌석도 잡았다. 셋이 몇 달 만에 보는 것이지만 몇 년은 된 듯 서로 반갑고 기뻤다. 아침도 못 먹고 배가 고프던 차에 나온 아침밥은 바나나와 빵이었지만 시장이 반찬이라고 어찌나 맛있던지 옆에 아우 몫까지 뺏어 먹었다.

버스는 서서히 서울을 벗어나 후끈후끈한 거리, 불볕더위를 가르며 2~3시간을 달려 강원도 인제로 향했다.

한참을 달려 만해 나눔의 대상 수상자들 시상식장에 내렸다. '저렇게 큰상을 받은 사람은 누구일까? 얼마나 글을 잘 쓰면 이런 큰상을 받을까' 하는 생각에 부러웠다. 그런데 수상은 내가 상상했던 것과는 전혀 달랐다. 내용은 만해 평화 나눔의 실천 대상이었다.

먼저 로터스월드(이사장 성관스님) 국제개발 NGO 봉사단체 상이었다. 두 번째 수상자는 청수 나눔 실천회(이사장 박 청수 원불교 교무)가 봉사 단체상을 받았다. 여자 분으로 80이 지난 노인이었다. 대단한 일도 아닌데 큰 상을 주신다고 겸손하기까지 했다. 일생을 전부 소록도 한센 환자를 위해 몸 바친 독일 마거리트 피사레크 수녀, 이밖에도 수상자가 세 분이나 더 있었다.

모두 6명 중에 네 분은 봉사실천 상이고 두 분은 문예상이었다. 만해문예 대상수상자 이미자 가수는 받은 상금 전액을 다문화 가족 아이들 급식비로 무대에서 기부하고 명예만 들고 갔다. 나는 이렇게 따뜻한 시상식은 처음 보았다. 나눔을 실천하고 나 아닌 다른 사람들에게 넉넉한 마음을 나누는 저분들의 마음이야 말로 천국이고 천사였다. 만해 축전에 오기 위해 밤을 꼬박 새웠던 일이 아깝지 않았다.

시상식이 끝나고 인제 산촌 민속박물관 숙소로 버스는 달렸다. 같은 방을 함께 지낼 동료 6명과 열쇠를 받아 짐을 풀었다. 그리고 〈창작21〉 작가회 신인상 시상을 보기 위해 강당으로 내려갔다. 시상식은 조촐하고 재밌게 시작했다. 미얀마 시인이자 소설가가 맨 먼저 시낭송을 하는데 무슨 말을 하는지 잘 알 수가 없었다. 아마도 짐작컨대 전쟁 없는 세상, 전쟁터가 아닌 어린이 놀이터가 되었으면 좋겠다는 뜻을 표현한 것이리라 짐작 되었다. 뒤를 이어 회원들도 낭송했다. 만해 혼이 서린 민족 시인의 집에서 영원히 길이 남을 신인상 받은 시인이 부러웠다.

다음날 강원도에만 서식한다는 황솔들이 하늘을 찌를 듯이 군락을 이룬 숲가에서 열린 시 낭송회에 참석했다. 솔향기 가득한 마당에서 낭송회를 보자니 역시 시는 낭송인 입으로 읊어야 한 송이 꽃이고 가슴에 향기를 불어 넣는다는 생각이 들었다. 한 사람, 한 사람 제각기 다른 목소리로 낭송되는 시어가 역시 바다에 핀 윤슬이고 백합이었다.

그런데 이런 좋은 행사에 자꾸만 우리가 무단침입을 하고 있지는 않는 건가하는 생각을 떨쳐 버릴 수가 없었다. 민족 시인의 마당에서 나그네들이 행사를 하려면 자릿세라도 내겠지 싶었다. 하지만 시인들은 자기 시만 낭송하지 어느 누구도 마당 주인 민족 시인의 시 한편을 낭송하지 않았다. 낭송을 듣는 내내 한용운 시인의 동상을 바라보며 미안한 마음에 쓸쓸했다.

잘 쓰는 글은 영혼을 살찌우고 영원히 죽지 않은 마음의 안식을 주고 기쁨과 행복을 주는 양식일 텐데, 저 분의 시가 자꾸 마음에서 영혼을 울리고 살아 숨 쉬고 있는 것을 돌이켜보았다.

세계작가 초청 평화 문학 심포지엄에 함께한 시인 작가 및 문학 평론가들이 단상에 앉아 문학적 가치를 공유하며 다양한 의견을 제시했다. 미얀마 예 샨(Ye shan) 소설 작가가 평화협상을 주제로 발표를 했다. 통역을 잘 못해 무슨 뜻인지 이해가 되지 않았지만 대충은 알아들을 수 있었다. 잘사는 한국 문학이 못 사는 미얀마 문학을 도와 달라고 했다.

뒤를 이어 발표작은 제주 4.3 사건이 되풀이 되지 않기란 주제로 토론이 시작되었다. 그런데 제주 4.3 사건을 모르는 사람이 너무 많았다. 나도 그 중 한 사람이었다, 이번 토론으로 잘 몰랐던 제주 사건을 더 자세하게 알 수 있었다. 처음 시작은 1947년 3.1절 기념식에서 기마 경관이 아이를 치는 사건으로부터 발생했다고 한다. 그 현장에서 주민 6명이 사살당하고 사건은 일파만파로 커졌다고 했다. 점점 악화된 진상보고에 의하면 2만 5천~3만 명의 양민이 영문도 모르고 학살되었다는 것이다. 그 후로는 제주에서는 노란 옷을 입은 사람은 군인이고 검은 옷을 입은 사람은 경찰이었다고 했다. 또한 미군은 자신들이 점령군이라 했다. 그때는 그 말이 무슨 말인지, 북한을 점령한다는 건지, 한국을 점령한다는 건지 숨겨진 그 뜻을 몰랐다고 했다.

왜 미군정은 제주 양민을 토벌하다시피 했을까? 역사에 길이 남을 진상도, 이유도 속 시원히 밝혀지지 않았다. 그저 그렇게 궁금증만 유발한 제주 4.3사건은 시나브로 마음에서 눈에서 잊혀가고 있다.

한용운 민족 시인을 잘 알지도 못하면서 무턱대고 좋아했나 싶었다. 이번 만해축전으로 인애 자세하게 알게 되어 더욱 존경스러워졌다. 만해축전 심포지엄을 통해 퇴색한 나를 보았고 더 나가 현대인들의 삶까지도 일깨워 주었으면 싶다. 만해는 민족에게 내려진 영원한 축전이었다. 영원히 죽지 않고 살아 숨 쉬는 시 침묵, 사랑, 나룻배… 이 시들은 천년이 흘러도 꽃으로, 열매로 지면에서 살아 움직일 것이다.

부산 여행

설레는 마음으로 아침 6시에 수서역에서 친구들과 만나 8시에 부산행 열차를 탔다. 화살처럼 달린 기차는 부산역에 10시 25분에 도착했다. 친구의 사촌동생이 차를 대기하고 기다리고 있었다. 반갑게 인사하고 우리 일행들은 승용차에 타고 약 15분을 달려 차이나 골목 요릿집에서 중식 고추잡채 새우튀김을 아침 겸 점심으로 먹었다.

식사 후 여유시간도 없이 차를 타고 6.25 때 피난민들이 지어 살던 판자촌을 그대로 보전 해 놓은 감천민속 마을을 들렀다. 추억의 거리로 그 때를 잊지 말고 6.25를 전설처럼 생각하는 젊은 시대들에게 무언으로 각인 시켜주는 뜻이 아닌가 싶었다. 그곳에서 다시 한 번 6.25는 전설처럼 먼 이야기가 아니라 불과 반세기 전에 이 한국 땅에서 벌어진 일이란 것을 생각해보았다. 크고 작은 전쟁을 보고 자랐기에 이런 생각을 하는지는 모르지만 절대로 전쟁이 일어나서는 안 된다고 생각이 들었다.

그리고 영도 스카이하버 전망대 케이블카를 타려고 한참을 달렸다. 일행은 줄을 서서 신분증을 제시해 노인우대를 받고 공중으로 떠올랐다. 하늘에서 바다를 내려다보는데 푸른 바닷물이 눈앞을 아찔하게 했다. 무서워서 두 주먹을 불끈 쥐고 마음을 다스렸다. 그 순간이 지나니 아름다움이 눈에 들어와 '우~아'하고 함성을 질러댔다.

그 다음으로 태종대로 달려가 꽃마차를 타기위해 줄을 서서 한동안 두리번두리번하는 동안 61번째 꽃마차가 우리 앞에 선다. 길게 줄을 서 있던 관광객들은 자기 자리를 찾아 차에 올랐다. 차를 타고 태종대를 한 바퀴 돌아보고 모자동상 앞에서 친구들 모습을 사진으로 담았다. 그리고 태종대 밑에 바닷가 조개구이 집에서 저녁을 때웠다.

아름다운 밤거리 야경을 가르며 한 참을 달려 부산 송정바닷가를 돌아보고 숙소를 찾아 헤매었다. 늦은 밤 송정마을에서 숙소에 들어가 빈방 있냐고 물으면 방이 없다고 한다. 한 참을 이집 저집을 기웃대다가 드디어 민박집을 정해 하룻밤 지내기로 했다. 친구 다섯 명이 지내기는 충분히 만족했고 또 시설도 그만하면 만족했다. 친구들은 힘이 들었던지 씻고 바로 누워버렸다.

아무리 생각해도 어떻게 온 여행인데 그냥 자느냐며 자는 사람은 자라고 내버려 두고 회장과 총무 셋이 송정마을 밤거리로 나갔다. 여기저기 돌아다녀도 포장마차가 보이지 않아 한참을 오르락 내리락 했다. 세상에, 부산 밤거리에 이렇게 먹을거리가 없느냐며 구시렁구시렁 하며 돌아다녔다. 우리가 너무 초라했는지 하늘에 달빛이 길 동무를 해주었다. 소주 한 잔 마시기 어렵다며 그냥 돌아설 무렵 드디어 포장마차 한 곳이 보였다. 저기 보인다고 설레는 마음으로 들어갔더니 별로 먹을 것이 없었다. 할 수 없이 간재미 찜에 초라하게 소주를 마시고 포장도 해왔다. 친구들은 세상모르고 잘 자고 있었다.

다음날 아침 친구들은 아침 산책 갈 생각을 하지 않아 이번에도 총무와 둘이 나갔다. 송정바닷가에 외롭게 우뚝 서있는 등대에 올라가 어떤 아저씨에게 부탁해서 등대와 함께 핸드폰에 모습을 담았다. 등대에서 내려와 옆에 있는 팔각정에서 사진도 찍고 해변을 돌아보았다. 날씨가 제법 쌀쌀한데 바다에서 남자들이 수영복 차림으로 체력단련을 하고 있다. 섬을 한 바퀴 돌아보니 포장마차에서 여행자들 상대로 어묵을 팔고 있다. 우리도 먹고 포장도 해왔다. 친구들이 잠자리에서 일어나 칠보단장을 하고 있다.

오전 10시에 숙소를 출발해 용궁사를 들렀다. 부산의 대표적 관광지 답게 관광객으로 북적였다. 모여든 인파에 밀려다니다보니 영락없이 새벽 도떼기시장 같이 정신이 없기만 하고 신기하다던가, 아름답다던가 하는 감동을 받을 겨를이 없었지만 용궁사에 왔던 증표로 나무 지팡이 하나를 사왔다.

용궁사를 뒤로하고 대변항으로 갔다. 대변항을 돌아보며 여러 가지 해산물에 반해서 사고 싶은 충동을 참느라고 애먹었다. 난생처음으로 생멸치 회도 먹어 보았다. 이번에는 곰장어가 유명하다는 죽변항을 가보자는 이야기가 나왔지만 지금은 배가 불러 산해진미가 있어도 먹을 수가 없으니 다른 곳에 갔다 오다가 먹자고 했다. 그래서 생선이 유명하다고 하는 칠함 항구로 가서 생선도 사고 미역도 샀다. 그렇게 시장 구경도 하고 쇼핑을 하다보니 배가 고파진 우리 일행은 해변을 뒤로하고 시골길을 가로질러 기장 곰장어 집으로 갔다.

역시 소문대로 손님이 많았다. 어항 속엔 물 반, 장어 반인데 조금은 흉해보였다. 기장 짚불 곰장어가 얼마나 맛있기에 이렇게 소문났을까 하며 우리도 주문을 했다.

조금 있으니 시커멓게 그을린 장어를 직원이 장갑을 낀 손으로 쭉쭉 훑어서 상에 올려놓고 먹으라고 한다. 모양은 별로였지만 보기보다 먹을 만했다. 곰장어 잔치를 서둘러 끝내고 부산역으로 달리기 시작했다. 부산역에서 6시 10분에 출발하는 수서행 열차에 올라 정해진 좌석에 앉았다.

이번 여행은 친구 동생이 여행 일정을 아주 적절하게 시간을 짜서 쫓기지 않고 여유가 있었다. 참 부산에는 볼거리, 먹을거리가 많아서 새로운 음식을 먹고 다녔다. 기회가 되면 친구들과 이번처럼 즐겁고 행복한 여행을 또 하리라 다짐하며 열차 안에서 여행에 지친 눈을 감았다.

연안 부두의 추억

"우~아 걸렸다! 걸렸어!"

좋아 철부지 아이처럼 오두방정을 떤 것 같았다. 2011년 8월 1일 월요일 밤 문학사무실에 소모임이 있어 나갔다. 이런 저런 이야기 끝에 여름휴가를 가기로 결정했다. 준비 없이 갈 생각을 하니 함께 한 분들에게 미안하기도 하고 함께하지 못한 분들께는 미안함과 서운한 마음에 썩 즐겁지만 않았다. 여러 가지 생각의 머릿속은 만감이 교차했다. 어쨌든 주사위는 던져졌고 우리는 새벽 4시까지 목적지 연안 부두에 도착해야 했다. 시간을 맞추려면 집에 왔다 갈 수가 없어 근처에 있는 소주방에서 일행이 날밤을 꼬박 새고 새벽 3시에 택시를 타고 서울을 떠났다.

조용하고 맑은 새벽 공기를 가르며 반짝이는 불빛 사이로 자동차는 거침없이 달리고 달렸다. 새벽 공기를 마시자 기분이 좋아져 '고래 잡으러 동해 바다'가 아닌 '인천 연안 부두로 가자'로 가사를 바꿔 부르고 싶었다. 철부지 어린 아이처럼, 한참을 달려 연안 부두에 내려 낚싯배 사장님과 간단한 인사를 했다. 커피 한 잔 마시고 낚시 준비는 사장님 부부가 챙겨 주셨다. 준비해 준 낚싯대를 들고 선박들이 모여 있는 방파제로 갔다. 우리를 반기는 것은 살갗을 스치는 간간한 갯냄새였다. 그리고 우리를 위해 경원 5호가 다정하게 몸을 내주었다. 아직 아침은 밝지 않고 검푸른 물결만 출렁이며 여기가 바다란 것을 무언으로 알렸다. 슬며시 배는 방파제를 떠나 앞을 향해 물살을 갈랐다. 앞으로 나가는 배 엔진 소리를 들으며 삶도 별거 아닌데 서글픈 생각도 들었다. 뱃머리는 힘차게 물살을 가르고 물결 위에 멀리 보이는 인천시를 환히 밝힌 불빛을 보고 감상에 젖기도 했다.

아침 일찍 갯바람을 맞으며 따끈한 라면을 먹으니 늘 먹던 라면이 아니라 처음 먹어 본 산해진미 같이 놀라운 맛이었다. 이젠 허기진 배도 채우고 바다로 눈을 돌리니 웬걸 물 위에 길게 뻗은 대교가 보였다. 깜짝 놀라서 같이 간 아우에게 "저 다리는 무슨 다리야?"하고 물었다. "언니, 저건 인천대교인데 세계에서 가장 긴 다리야!"했다. "아 그래." 난 한 번도 저 다리를 가보지 못했다.

말로만 듣던 인천대교가 내 눈앞에서 넘실넘실 춤을 춘다. 조용히 흐르는 물 위에 길게 놓인 다리, 묵묵히 비치는 불빛 아래 거침없이 달리며 영종도 공항까지 간다고 한다. 나는 겉으로는 냉정해 보이지만 더러는 상대가 늙든 젊든 막론하고 모르는 것은 묻곤 한다. 그런데 마음으로 많이 아끼는 박애숙 아우는 내 스승 같은 기분이 든다. 너무 자주 묻는 게 조금은 창피했지만 아우에게 궁금하고 모르는 것을 이것저것 묻고 또 물어서 좋은 공부를 했다.

"아우님? 이쪽으로 가면 동해야? 아니면 어디야?"하며 또 물었다. 아우는 귀찮아하지도 않고 묻는 대로 설명을 하지만 그걸 들어도 어디가 어딘지 분명히 알 수가 없었다. 검푸른 바다 위에 나 혼자 떠 있는 기분이 들었다. 물살을 헤치는 뱃머리에 짝을 잃은 소금발이 갈매기 한 마리가 파도 꽃을 따라 힘겹게 날갯짓 하며 먹이를 찾아 날아들었다. 살기 위해 공중 비행하고 물살에 발을 적시는 갈매기! 삶의 치열함이 비단 갈매기뿐만 아니었다. 멀리서 외롭게 반짝이는 등대불빛도 힘없이 사라지는 모습이 나를 돌아보게 했다.

검푸른 바다 위에 나 홀로 바라본 하늘 끝 사이에 해미로 하나인 바다. 어디서 왔는지 넓은 물 위에 작은 잠자리도 날아왔다. 외롭게 날던 갈매기도 눈 깜짝할 사이에 가족을 데리고 날아왔다. 해미 사이로 멀리 보이는 작은 섬 하나 부끄러운 듯 살며시 미소 짓는데 왠지 외롭고 쓸쓸해 보였다.

드디어 낚시를 시작하라는 선장님의 신호가 떨어졌고 낚시꾼들은 물속에 낚싯대를 드리웠다. 그래도 몇 번 해봤던 민물 낚시하는 것과 달라서 나는 어찌 할 줄 몰라 헤맸다. 그 모습을 본 사장님이 친절히 일러 주었다. 시키는 대로 줄을 풀고 감고 물 바닥에 추가 닿도록 들었다 놓았다 몇 번을 익혔다. 그렇게 사장님이 다섯 번만 더 하라고 해서 그대로 하다 보니 둥근 달 속에 토끼가 방아 찧는 생각이 나서 빙그레 웃었다. 낚싯대를 물속에 드리우란 신호와 낚싯줄을 감으란 신호의 맞추어 줄을 감았다. 낚싯대를 세워 놓고 광어 먹이로 끼어놓은 미꾸라지가 물살의 맞추어 춤을 춘다. 신호가 울리며 줄을 거두라고 한다. 선장은 배를 다른 곳으로 이동을 하고 움직이는 배 꽁무니에서 파도 꽃은 피어오른다. 어디서 "광어다!"하는 소리가 들

156

렸다 난 놀라서 돌아보았다. 그 순간 납작한 광어를 들어 올리다 바다에 놓치고 말았다. 그 상황을 보니 나도 뭔가 낚아보고 싶었다. 그래서 열심히 낚싯줄을 풀고 있는데 아우가 "언니? 지금 뭐 하세요?" 물었다. "왜? 이제 고기 낚으려고, 그렇게 하는 것 아니야?" 아우는 차근차근 광어 잡는 설명을 해주었다. 잿빛 하늘은 뭐가 못마땅한지 잔뜩 화난 얼굴로 침묵하더니 결국 비를 뿌리기 시작했다. 노란 비옷을 입고 낚싯줄을 감았다 풀었다 하는데 고기는 못 잡고 팔만 아팠다. 조금씩 몸에 힘이 빠지고 지치는데 내 옆에 젊은 아저씨가 뽈락을 낚아 올렸다. 난 소리쳤다 "우리 옆집도 잡았다!" 한참을 묵묵히 비를 맞으며 낚싯줄만 바라만보다 드디어 내 덩치에 어울리지 않게 조그마한 뽈락을 낚아 올렸다. 낚는 고기가 크고 작은 것이 문제가 아니었다. 일행 중 송사장이 고기를 낚았다는 그 자체가 즐겁고 힘이 났다. 우리도 잡았다! 잡았어! 하며 깔깔 웃고 소리쳤다. 아우와 나는 고기 잡기도 전에 비를 맞아선지 몸에 피곤이 밀려왔다. 오늘은 바다 낚시하는 것만 배워도 큰 수확이라고 스스로 위로하며 달랬다. 낚싯줄에 대롱대롱 매달린 미꾸라지가 필시 나를 비웃는다. 그래서 송사장이 잡아놓은 양동이에 뽈락을 바라보았다.

선장님 신호에 낚시를 물속에 넣고 조금 있으니 손에 신호가 왔다. 있는 힘을 다해서 줄을 감아댔다. 드디어 매달린 고기! "잡았다! 잡았어!" 하며 외쳤다. "언니! 장대다, 장대, 눈 있나봐."하며 깔깔 웃어댄다. 송사장도 "이제 슬슬 실력이 나오는군요!" 느린 한 마디 하곤 꼼짝도 않고 고기만 낚는다. 아마도 나에게 잡힌 입이 큰 우럭이란 놈들은 간밤에 꿈을 잘 못 꾼 놈들인가 보다. 그러자 또 걸렸다 하고 소리치면 경원 사장은 순간 포착을 하고 달려와 미끼도 끼워 준다.

바다낚시가 서투른 나는 뻔질나게 줄이 엉켜서 풀지 못하면 가위로 줄을 잘라 버려서 사장님께 미안하기도 했다. 미안함도 잠시 입질을 하는지 신경을 쓰고 있을 무렵 생선회 무침과 소주가 먹음직스럽게 새참으로 나왔다. 새참을 먹고 조금 지나 출출 하자 점심에는 우럭 매운탕까지 끓여 먹는 재미가 아주 즐거웠다. 어디 그뿐인가. 중간 중간 커피 타임까지 있어 입맛대로 골라 먹는 재미가 쏠쏠했다. 대접도 잘 받고 잡은 고기로 싱싱한 회를 떠주어서 잘 먹었으니 그야말로 금상첨화였다. 금년 여름휴가는 하루 종일 넓은 바다에서 잊을 수 없는 영원한 추억을 만들었다.

친절한 고려 경원5호 사장님 부부에게 날마다 새롭게 행복 하세요!

이것이 낙지구먼

며칠 전에 유일하게 고향을 지키는 둘째동생 부부로부터 뻘 낙지 축제가 있으니 내려오란 전화를 받았다. 2014년 11월 5일에 고향특산물 새발낙지 축제에 평택에 사는 동생부부와 밤새도록 달려 자정이 넘어 1시에 동생 댁에 도착했다. 둘째 동생 부부는 잠도 안자고 기다리고 있었다. 서울에서 처형, 처제가 온다고 제부가 어린아이 밥그릇만 한 소라며 낙지, 생굴 할 것 없이 준비해 놓았다. 우리가 들어서자 제부가 싱싱한 낙지를 가져왔다. 함께한 친구가 보더니 "이것은 낙지구먼"하는 말에 우리는 한바탕 웃었다. 아마도 내 친구는 세발 낙지라고 하니까 낙지가 발이 세 개인 줄 알았던 것 같다.

다음날 아침에 두 제부와 나는 산책을 나갔다. 한참을 변해버린 고향 이야기에 시간 가는 줄도 모르게 목적지까지 갔다. 거기서 함께 자라던 남자 친구 상초를 만날 줄은 생각도 못 했다. 20대에 고향을 떠나 70이 된 나이에도 왠지 어색했다. 서로 존중히 인사도 하고 옛 이야기를 나누다 헤어졌다.

동생 댁에 돌아와 아침 먹고 어머니 산소를 둘러보니 옛 생각에 흥얼흥얼하였다. 막내가 "언니 우리 방파제에 가요."했다. 몸은 조금

159

피곤해도 흔쾌히 따라 나섰다. 방파제에서 바다를 보니 답답했던 마음이 뻥 뚫렸다. 시원한 갯바람, 코끝을 스치는 갯냄새와 검푸른 바닷물을 바라보는 즐거움이 아주 좋았다. 우리 세 자매는 행사장으로 천천히 걸으며 옛 이야기 하느라 시간 가는 줄도 모르게 행사장에 도착했다. 역시 축제는 한창 무르익었다.

구성진 품바 타령 소리에 나도 모르게 발걸음을 옮겼다. 구경하던 낯선 사람들이 품바타령에 맞춰 춤추며 즐기고 있었다. 그런데 난 참 이상할 만큼 즐겁지가 않았다. 아무리 둘러봐도 예전에 정겨움이 없었다. 뭔가 잃어버린 허전한 느낌에 마음 한편이 휭하고 씁쓸하기까지 했다. 정겨웠던 고향을 찾아왔으나 온갖 것이 다 낯설었다. 심지어 산도, 바다도 변했다. 아름답고 웅장하던 산허리를 잘라 만든 도로로 자동차들이 달렸다. 바닷가 모래밭이었던 곳은 포장도로 변했다. 예전 사람 보기가 흰 쌀에 뉘(등겨가 벗겨지지 않은 채로 섞인 벼 알갱이 – 편집자 주)처럼 어려웠고 어쩌다 한 사람씩만 눈에 띄었다. 사람들은 하던 일 멈추고 자기 고장을 알리려고 특산물 홍보에 혈안이 되어 있었다. 이름도 모를 가수며 소리꾼에 여러 가지 경품까지 잔뜩 걸려 있어 구경하느라 정신이 없는데 저쪽에서 아침에 만났던 친구가 자리를 마련해 놓고 오라고 했다. 염치 불고하고 합석 했다. 그런데 상초 부인이 옆에서 인사를 했다. "부인께서 참 미인입니다"했다. 역시 미인에다 그 자식 또한 미남이다. 그 친구 부인께서 서울에서 오신 손님 대접하라며 마련한 자리라고 했다.

낯선 느낌의 고향 정겨움은 사라지고 삭막한 고향은 씁쓸하고 아쉬움만 남기고 올 뻔했는데 그 친구 부인 덕분에 고향의 옛정을 느끼고 돌아왔다. 부인의 아름다운 마음에 늘 고맙고 감사함을 간직한다. 고향도 떠나면 타향이란 옛말이 실감난다.

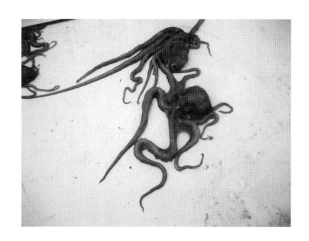

"이것이 낙지구먼." 하고 놀랬던 친구 이금순(맨 좌측). 고맙게도 시상식에 와 축하까지 해주었다.

동생들과의 여행

여행을 떠날 때마다 앞니 하나 빠진 듯 기분이 언짢고 우울하다. 사랑하던 남동생이 저 세상으로 먼저 갔기에 그 자리가 허전했다. 막내가 지리산 중턱에 프로방스 펜션에 2박 3일 묵을 예정으로 예약했다.

2017년 8월 12일. 설레는 마음을 안고 출발했다.

목포에서 동생내외가 출발해 남원 숙소에서 만나기로 했다. 목포 동생이 먼저 와서 기다리고 있었다. 오후에 짐을 푸니 둘째 제부가 자연산 민어를 잡았다고 가져왔다. 세상에 자그마치 6킬로그램이나 되는 민어는 혼자 들기도 힘들었다. 잘생긴데다가 아직 살아서 꼬리를 발발 떨고 있는 민어를 처음 보았다. 막내 동생 내외가 쌍으로 "우~아 이렇게 큰 민어를 누가 다 먹지?"했다. 이 큰 민어를 어떻게 하냐고 물으니 제부가 빙그레 웃으며 "걱정 말고 얼른 사진이나 찍어 올려요."하고는 껄껄 웃었다.

여기저기서 사진 찍는 소리가 찰칵찰칵 들리며 마치 유명 인사들 기자 회견장에 카메라맨들 같았다. 그렇게 찍어댄 사진이 민어의 마지막 영전 사진이 됐다.

두 제부는 서둘러 회를 뜨기 시작했다. 제부의 민어 손질하는 솜씨가 너무 능숙해서 전문가는 저리 가라였다. 아마도 횟집을 차려도 전혀 손색이 없이 대박 나겠다는 생각이 들었다. 두툼한 회를 보고 침을 꿀꺽 나도 모르게 삼켰다. 그런데 또 사진을 찍는다고 기다리란다. 사진을 찍고 허겁지겁 자연산 민어회를 처음 먹었다. 그 맛이 서울에서는 맛볼 수 없는 맛이었다. 제철인 여름민어 뼈와 대가리는 지리국을 끓여서 삼복더위에 보양탕으로 몸보신한다고 했다. 나라에 불충하고 신안으로 귀양 온 관리직들이 민어탕을 끓여 보양탕으로 먹었다는 전설 같은 이야기가 전해진다.

밤이 되어 남원시를 헤매다가 허술한 영화관을 찾았다. 광주 5.18 민주화운동을 배경으로 한 〈택시운전수〉란 제목의 영화를 보았다. 무자비한 군인들이 죄 없는 광주시민을 벌레 죽이듯이 하는 그 아수라장을 보자니 피가 끓어 동맥이 터지는 줄 알았다.

영화를 보고 숙소로 돌아온 우리 자매들은 산골 밤하늘을 구경하고 나는 연속극 삼매경에 빠졌다.

하늘 택시

둘째 제부 주관으로 한 시간 반을 달려 순천만을 향해 빗속을 달렸다. 우리 자매들 눈에 국가정원이란 상호가 첫선을 보였다. 그 문으로 들어가 보니 넓은 별천지에 나 자신도 모르게 '우와'하는 감탄사가 나왔다.

'이렇게 좋은 곳을 못 왔으니'하며 좋아서 싱글벙글 했다. 저 넓은 정원을 하루 종일 돌아도 구경을 다 못 한다고 했다. 둘째 동생이 무릎이 아파서 더는 못 가겠다고 해서 정원 내부를 도는 미니 기차가 있어 타기로 했다. 미니차를 타고 돌면서 사진도 찍고 놀다가 어린이들의 꿈을 그려낸 그림들이 보였다. 창의력을 통해 상상한 그 많은 그림 중에 같은 그림이 하나도 없었다. 잔잔하고 맑은 창의력을 보면서 이 나라의 미래가 든든해 보였다. 잠시 주변을 두리번거리다 하늘 택시라는 것을 타보기로 했다. 운전사도, 조종사도 없으니 무인 비행기라 할 수 있는 재미난 탈 것이었다. 오늘 하루에 이곳을 다 볼 수 없으니 다음에 순천에 숙소를 아예 정하고 와서 차근차근 구경하기로 했다.

벌교로 출발

벌교 특산물 꼬막 정식을 점심으로 먹기 위해 핸드폰으로 맛집을 찾았다. 순천에서 벌교까지 한 시간 거리라고 했다. 먼 거리를 막내 제부가 주저하지 않고 잘 빠진 길 위로 달리고 달렸다. 길 가장자리에 빨간 목백일홍 꽃이 피어 내 시선을 사로잡더니 먼 길 어서 가라고 손을 흔든다.

백일홍 꽃은 여름에 피어 수명이 백일 동안 피어있다 해서 백일홍이라고도 하고 가을까지 피어 햅쌀밥을 먹는다는 전설 같은 이야기도 있다. 목백일홍 나무는 간지럼나무라고도 하는데 전라도에는 가로수로 심어 있어 참 보기 좋았다. 드디어 벌교 맛집을 찾아 들어가 꼬막 정식을 주문했다. 역시 맛집답게 손님이 많아 한참을 있다 음식이 나왔다. 아주 푸짐하고 맛도 좋아 보였다. 우~아하고 사진을 찍고 우리들은 먹으며 맛있다, 맛있어 하며 허겁지겁 고픈 배를 채

왔다. 처음 먹어본 꼬막 정식을 맛있고 즐겁게 먹고 나니 첫째 제부가 밥값을 냈다. 벌교를 뒤로하고 여수로 출발했다. 여수 바닷가를 돌아보고 참석 못한 두 조카들에게 문어를 골라서 보냈다. 그리고 여수 야시장에서 저녁을 먹으려고 주차 자리를 찾아 빙빙 돌다 겨우 주차를 했다. 가는 날이 장날이라더니 비는 내리고 사람은 왜 그리 많은지! 야시장 저녁 먹기를 포기하고 차를 돌려 시장을 빠져나왔다.

이번에는 여수 특산물 갓 김치를 사서 차에 싣고 남원 숙소로 달렸다. 달리는 차안에서 세 자매들이 힘든 줄도 모르고 웃고 떠들어도 제부들은 말없이 빙그레 웃기만 했다. 밤늦게 숙소에 도착 후 또 제부들은 밥하고, 문어 데치고, 왕 새우 삶고, 저녁 밥상을 근사하게 차렸다.

나와 동생들은 꼼짝 않고 있다가 차려준 밥상을 마님처럼 받아먹고 연속극 삼매경에 빠졌다. 동생들아 이제 내일을 위해 꿈나라로 가자. 안녕!!!

아쉬움을 남기고

아침을 왕비처럼 대접 받고 서둘러 칠보단장하고 길을 나섰다. 빗속의 여인을 부르며 우리 자매들은 나이도 체면도 잊고 떠들어댔다. 쉬지 않고 자동차는 빗속을 가르며 고창 고인돌 공원에 도착했다. 비가 그치지 않아 원두막에서 잠깐 비를 피했다.

공원에는 옛날 원시 시대에 가죽을 늘려 손질하고 고대인들의 모형과 그 시대 살던 초가집을 재연해 놓았다. 그 모형 초가집을 돌아보면서 예전의 6.25전쟁 당시의 모습을 재연해 놓았던 부산의 마을이 주마등처럼 스쳤다.

형제들은 금강산도 식후경이라며 출출한 배를 채워달라고 총무를 성가시게 했다. 점심을 먹기 위해 막내 제부가 핸드폰으로 장어 맛집을 찾았다. 고인돌 공원에서 약 10분 거리, 고창 갯벌풍천장어집에 예약하고 출발했다.

장어 집에 들어가니 널찍하고 품위가 있는 집이었다. 자리에 앉기도 전에 오늘 점심 값은 20만원만 쓰겠다고 총무가 선전포고했다. 아마도 비싼 장어를 너무 많이 먹을까봐 걱정 되 회비를 아끼려는 뜻이겠지 싶었다. 살림을 잘하는 총무가 예뻤다. 자연산 장어 주문하고 보니 별로 양이 많아 보이지 않아 물끄러미 바라만 보았다. 비싸다는 생각도 잠시, 불 위에서 장어가 노릇노릇 익어가니 나도 모르게 침을 꿀꺽 삼켰다. 잘 익은 장어를 제부들이 어찌나 맛있게 먹던지 보기만 해도 기쁘고 흐뭇했다.

자식 입에 밥 들어가는 것하고 자기 논에 물들어 가는 것은 보기만해도 배가 부르고 행복하다는 말이 이런 기분이구나! 했다. 장어를 먹다보니 생각나는 사람이 눈에 밟혀 2인분 포장해달라고 했다. 이제 1박2일 동안 잘 놀고 잘 먹었으니 삶의 터전으로 돌아가야 하는데 모두 아쉬웠다. 사실 비가 내리지 않았다면 눈 딱 감고 내친김에 하루 더 놀다 왔을 것이다. 점심을 마치고 서울로 돌아왔다. 3일 동안 비는 주룩주룩 내려서 오는 길에 많이 힘들었다.

막내 제부는 유치원 이사장에게 장어를 전하고 원당에다 나를 내

려주고 역으로 돌아갔다. 두 제부들 늘 건강하시고 따뜻한 그 마음
영원히 변치 않기를 기원합니다.

2017년 8월 12~14일

작년 가을 동생, 제부들과 함께.

꽃도 못 보고

들뜬 마음으로 아침 5시에 일어나서 준비를 하고 버스를 타고 서울역에 내려 대우 빌딩 앞에서 일행을 기다렸다. 2~3분쯤 지났을까 하는데 일행들은 삼삼오오로 모여서 나타났다. 반갑다고 인사도 할 시간도 없이 버스시간이 다 된 관계로 관광차에 올라탔다. 버스에 타고 나서야 오랜만이라며 서로 인사도 하고 손을 잡고 건강도 묻고 가정의 안부도 물었다. 드디어 우리가 탄 스마일 관광차는 서울역을 빠져나갔다. 너나 할 것 없이 집만 벗어나면 애나 어른이나 하나도 다르지 않다. 다들 나이가 60이 지난 사람들인데도 그저 여행이다 하며 좋아서 어쩔 줄 모른다. 늙으나 젊으나 여자들이란 모이면 자식 자랑 아니면 영감 흉이다. 서로들 흉이든 자랑이든 한 마디라도 더 하려고 해서 이야기는 끝이 없다. 그러다 보니 어느새 충북 사슴 농장에 왔다. 목장 안으로 들어가 자리 잡고 앉아서 생활의 지혜를 배웠다. 한참을 사슴 엘크에 대한 공부도 하고 녹용을 달여 먹는 설명도 듣고 나서 사슴 불고기와 녹용으로 담근 술도 맛을 보았다. 그리고 버스를 타고 산과 들판을 보면서 목적지 지리산에 도착했다. 그런데 아마도 전국의 관광차는 전부 지리산으로 다 모였나 싶다.

사람이며 차 할 것 없이 복잡해서 오늘 여행은 허탕이라고 생각을 하며 내심 걱정 했다. 그래도 기왕에 왔으니 지리산 바래봉에 철쭉 꽃이나 보고 가자하며 산을 올랐다. 산속으로 들어가니 깨끗한 공기를 마시면서 누군가는 며칠만 집에 가지 말자고 한다. 남이 해준 밥에, 좋은 공기에, 맑은 물에…. 여기서 한 달만 살면서 신선놀음 하고 가자고 한다. 정말 그렇다. 답답한 서울을 벗어나니 서울로 돌아오기 싫은 건 나도 마찬가지다. 바래봉을 오르기 위해서 걷고 또 걸어도 바래봉은 보이지 않고 힘도 들도 그래서 뒤돌아서 하산을 했다. 그런데 여기저기서 물건 파는 상인들 노래 소리가 어찌나 구수한지 우리 일행도 서서 구경도 하고 설명도 들었다.

오후 4시. 버스는 서울로 향해서 쭉쭉 뻗은 고속도로를 속이 시원하게 달린다. 날씨는 구름 한 점 없이 맑고 화창해서 창밖을 내다보면 푸른 녹색이 몸과 마음을 시원하게 해 주었다. 언제나 그렇듯 이 땅에서의 삶을 신께, 조상께 감사하게 살고프다. 고속버스를 탈 때마다 항상 느낀다. 버스는 시속 100km를 달리는데 차가 달리는지 날아가는지 모르겠다. 그래서 나는 종이 잔에 물을 담아서 놓아 보았다. 그런데 잔에 담긴 물이 전혀 흔들리지 않는다. 흔들리지 않는 물을 보면서 옛날 비포장도로가 생각난다. 버스가 달리면 덜컹덜컹 뛰는 그때를 생각해보니 지금은 얼마나 도로 포장이 잘 되어 있는 것을 알 수 있다. 물도 흔들리지 않는다. 나는 속으로 뿌듯하다. 하지만 서운한 것이 있다. 지리산까지 가서 철쭉꽃을 보지 못했다. 전날 비가 내려서 꽃이 지고 말았다. 그 먼 곳까지 가서 꽃도 못 보고 서울로 오고 만 것이다.

칠십의 여행

"언니, 우리는 내일 새벽에 출발할게."

수원에 사는 막내 동생한테서 걸려온 전화다.

2014년 6월 5일 압해도에 사는 첫째 동생부부가 열차로 용산역에 도착했다. 서울 지리에 어두운 동생 내외 마중을 나가 함께 집으로 왔다.

언제나 혼자 쓸쓸히 밥을 먹던 내가 동생 부부와 함께 저녁을 먹으니 기분도 좋고 오랜만에 사람 사는 것 같았다. 저녁을 끝내고 내일 일찍 떠날 생각으로 동생은 잠자리에 들었다.

오랜만에 둘째동생, 막내와 두 제부들과 여행에 필요할 물건을 이것저것 챙겼다. 챙긴 것들을 아이스박스에 담으며 철없는 아이처럼 무진장 설렜다. 밤새 잠이 오지 않아 새벽 4시 반에 일어나 꼬무락 꼬무락하며 막내 부부를 기다려도 오지 않았다. 막내가 원당에 도착한 시간은 8시쯤, 오자마자 허둥지둥 짐을 차에 싣고 제부는 강원도 속초로 달렸다. 우리는 끝이 보이지 않는 쭈~욱 뻗은 도로를 신나게 달렸다. 그러다 거리에는 차들로 꽉 막혔다. 꼼짝도 않는 차 안에 운전자들은 답답한지 차문을 열고 밖으로 나와 담배를 태웠다. 그리고 한 3시간을 더 가야 하는데 가다 서고 가다 서던 차들이 갑자기 쑥쑥 달리기 시작했다. 그런데 앞에 파란 머리를 풀고 입을 크게 벌린 사자가 크든 작든 모든 차를 꿀꺽 꿀꺽 삼켜 버린다. 그 많은 차들은 사자 입속으로 들어가 위를 지나 십이장, 대장, 소장을 지나 항문 밖으로 탈출한다. 길고도 짧은 여러 사자 터널을 빠져나와 따가운 햇볕을 가르며 달렸다. 제부는 "이 거리가 밀리지 않으면 3~4시간 정도면 오는데 차가 밀리다 보니 8시간이나 걸리네요."했다.

"아이고 고생 많이 하셨네요! 이제 다 왔습니다."하면서 "여기가 속초, 우리 숙소입니다."했다.

서둘러 짐을 풀고 대포항으로 생선모둠구이를 먹으려갔다. 점심을 대포항에서 먹고 바닷가를 돌아보았다. 예전에 소박하고 정겨운 모습은 간 데 없고 모두가 낯설게 변해버렸다. 이 세상 어디를 가도 변하지 않는 자연 그대로 보전하고 있는 곳은 없을 듯하다. 세월이 흐르면 세상 만물이 변하기 마련이고 내 모습도 또한 몰라보게 변했다. 시간이 지나면 변하는 게 당연한 이치인데 도대체 나는 뭘 얻기 위에 치열하게 살아왔나 싶다. 모든 게 다 변했는데 맑은 물 많은 변하지 않고 작은 물살로 일렁이며 청수 알처럼 맑다. 물속 갯바위가 유리를 통해 보듯 잘 보인다. 바위에 붙어 있는 굴이 입을 벌리고 호흡을 한다. 예전 내 고향 갯바위에 다닥다닥 붙어 있던 자연산 굴이 떠올랐다.

우리 세 자매는 바닷가 작은 마을에서 잔뼈가 굵었다. 그래서일까, 해풍이 좋고 짠물이 언제나 그립다. 옛날에 아버지께 듣던 속담이 생각난다. '송충이는 솔잎을 먹어야 살고 갈잎을 먹으면 죽는다'는 속담이다.

예전에 어린 나이에 아버지께서 내가 농사일도 안하고 허황된 꿈이나 꿀까봐 그런 속담 이야기를 자주 들려주었다. 그런데 '우리들은 갈잎을 먹어도 죽지 않는데' 하며 웃어댔다.

파란 바다를 보니 답답한 마음이 뻥 뚫리는 것 같았다. 자신도 모르게 기분이 좋아서 함성을 지르며 "우아! 언니 저기 톳이다, 저기 미역이다." 하며 즐거워했다. 그러다가는 또 "언니? 저기는 생선죽은 시체가 떠 있다."며 씁쓸한 표정으로 고개를 돌렸다. 눈살을 찌푸리며 하얀 등대, 빨간 등대를 바라보며 해미가 자욱할 때 길 잃은 배를 떠올렸다. 안개 속에서 길 잃은 선장, 나침판이 된 등대, 이야기꽃을 피웠다. 또 지나간 사람에게 부탁해서 우리 자매들은 사진도 찍었다. 물결이 출렁 출렁대는 다리 밑에 너울너울 춤을 추는 돌미역을 보면서 고향 바닷물에 자란 물김을 연상했다.

해가 서산으로 기울자 막내 제부가 서둘러 정동진으로 출발했다. 한참을 달려 목적지 정동진에 도착하니 어둠이 깔려 먼 곳이 잘 보이지 않는다. 그래도 여기저기서 사람들은 사진을 찍고 푹푹 빠진 모래밭으로 뛰어다닌다. 우리도 그렇게 한참을 뛰다 보니 멀리 보이는 낮은 산 위에 불이 켜져 있다. 자세히 보니 모형여객선의 불빛이다.

빨리 숙소로 돌아가자며 막내 제부가 서둘렀다. 모래시계 밑에서 사진 찍는 재미에 어두운 것도 잊은 채 좋아했다. 막내 제부 지시에 꼼짝도 못하고 푹푹 빠진 모래밭을 뛰고 달리는데 무릎이 아픈 동생

172

이 힘들다고 했다. 사실 동생은 무릎 관절수술 받을 날을 받아 놓은 상태였다. 무릎이 심하게 아프면서도 끙끙대며 잘 참고 따라왔다.

이번에도 막내 제부는 어디로 갔는지 보이지 않더니 차를 우리 앞에 세우고 타라했다. 아쉬운 모래밭 정동진을 뒤로하고 허둥지둥 주문진 건어물 시장으로 출발 했다. 아들 학주가 일을 끝내고 인천에서 속초까지 버스로 온단다. "이모 8시 30분쯤에 속초 터미널에 도착할 예정이에요."했다. 제부는 전화를 걸어 숙소로 가 있으라고 한다. 그래서 건어물 시장을 마음 편히 볼 수 있었다. 맨 처음 선택한 마른 오징어 여덟 축을 조카들도 주고 우리도 먹는다고 골라놓았다. 조금이라도 더 싸게 사려고 두 제부는 상점주인과 실랑이를 했다.

그날 밤 갓 떠온 싱싱한 회와 낚지 연포로 간단히 저녁을 먹으며 무진장 행복했다. 다음날 빠듯한 일정 때문에 아침 일찍 숙소를 출발했다. 통일 전망대에 가는 길이었다. 속 시원하게 쭈~욱 뻗은 길 위로 신나게 달렸다.

길 가장자리에 짙은 녹음을 헤치며 달리는 중에 "약 5분간 검문 교육을 받고 가세요."한다. 교육은 북한에 대한 영상으로 보고 곧장 끝이 났다. 이제 바로 가는가 싶었는데, 어린 군인들이 차를 세우고 검문을 또 한다. 군인들 검문을 마치고 통일전망대에 도착했다. 동생과 계단으로 오르지 않고 조금 돌아서 경사진 길로 올라갔다. 날씨가 흐려서 망원경으로 북한을 보려고 해도 잘 보이지 않았다. 조금은 아쉬웠지만 우리 자매, 제부들과 사진을 찍고 내려왔다. 이제 전망대를 뒤로 하고 정선 5일장에 각설이타령 축제를 보려고 정선으로 달렸다. 제부가 처형들에게 한 곳이라도 더 보여 주려고 애쓰는 것을 보니 정말 고맙고 자기도 피곤할 텐데 하는 측은한 마음도 들었다.

정선으로 가는 길에 차는 제자리에 가다 서고, 가다 서고해서 5일장에 도착하기까지 또 고생길이었다.

배가 고파진 나는 "제부, 우리 민생고나 해결 하고 갑시다!"했다. 식당으로 들어갔더니 주인이 곤드레 밥뿐이라고 했다. 배는 고프고 할 수 없이 그 메뉴를 먹기로 했다. 생전 처음 먹어 보는데 생각보다 맛이 좋았다. 곤드레 막걸리도 달라고 했다. 막걸리는 물을 많이 내려서 맛은 없었지만 오래오래 기억에 남을 것 같았다.

2014년 6월 6, 7, 8일 간의 기행문

4부

잊히지 않는 사람

고향 이야기

　어디, 내 어린 시절 고향 향수에 젖어볼까요! 내가 자라던 곳은 전남 신안군 압해도란 곳이지요. 목포에서 20분쯤 철선을 타고 건너가서 버스로 약 40분을 달려야 갈 수 있는 곳이지요. 버스를 타고 바닷가를 따라서 한참을 가다보면 섬이 끝나고 바다만 보이는 곳이지요. 아~ 이 곳이 내가 살던 곳인데 한번 소개하겠습니다.

　먼저 우리 마을은 높은 송공산이 떡 버티고 있어 이 산을 명산이라고도 하고 산꼭대기에 조그마한 옹달샘이 있는데 그 샘물로 아이를 낳지 못하는 여인들이 정성을 드리면 아이를 낳는다고도 하지요. 마을 앞에는 초승달처럼 생긴 모래밭이 있는데 밀물보다 썰물 때가 더 좋지요. 얼마나 좋으면 명사십리 해당화라고 했겠습니까?

　우리 동네는 약 이백 호 정도가 옹기종기 모여 살며 인심 좋은 마을입니다. 그런데 바다가 마을을 둘러싸고 있지만 그렇다고 어촌도 아니고, 산촌도 아니고 아마 농촌이라 해야 맞는 것 같아요. 그 시절 우리 또래 아이들은 마땅히 놀 곳이 없는 터라 여름이면 바닷가 모래밭으로 모여서 놀지요. 밀물보다 썰물이 아이들 놀기가 훨씬 좋지요. 촉촉한 모래를 살짝 파고 왼손을 모래 속에 넣고 '두껍아, 두껍아! 헌집 줄게, 새집 다오'하며 집을 만들어 조심스럽게 손을 빼고 주변을 예쁘게 단장을 하고 친구들 끼리 집이 완성됐다고 좋아하다 보면 언제 그랬는지 바닷물은 소리도 없이 정성들여 지은 집을 앗아가 버렸지요. 그때마다 또 짓고, 또 짓고 했습니다. 그렇게 놀다가 싫증이 나면 개뻘에 들어가서 조개도 잡습니다. 조개를 잡다보면 잘 보이지도 않는 깔딱이란 날벌레가 여기 저기 물지요. 뻘 묻은 손으로 여기저기 긁다보면 나중에는 온 몸이 뻘로 뒤죽박죽이 됩니다. 그렇게 한참을 조개 몇 개 잡고 옷이고 머리를 서로 보면서 친구들끼리 웃고 했지요.

그리고 뻘에서 나와 촉촉한 모래를 손으로 파면 맑은 물이 나오지요. 그 물로 씻고 집으로 갈 생각은 하지 않고 또 바닷가 언덕에 해당화 꽃을 보러 갑니다. 방언으로는 모란꽃이라 했는데 아이들은 모란꽃을 똑똑 봉오리만 꺾지요. 모란꽃에는 아주 작은 가시가 있어서 꽃대와 함께 꺾지를 못해요. 그 어린 시절 내 고향 아름다운 추억이 언제나 마음속에 담아있다는 생각에 늘 즐거워했습니다.

그래서 이 나이가 됐어도 고향의 추억을 떠올려보곤 해요. 그런데 이게 웬일입니까! 땅끝이 아닌 섬 끝인 마을에도 개발의 바람이 불어왔네요. 그토록 아름답던 모래밭에는 쓰레기로 섬이 되어 여기 저기 쌓여 있고 덜컹덜컹하던 비포장도로는 깔끔하게 포장되어 있네요. 아직도 고향을 지키고 사는 분들은 옛날에 비하면 잘 다듬어진 도로에 차가 씽씽 달리고 도시 사람 흉내를 내고 사니까 좋을지는 모르겠지만 왠지 나는 마음 한 구석이 쓸쓸하네요.

동생과 나는 한참을 옛 얘기를 하다가 동생은 곧바로 잠이 듭니다. 하지만 나는 옛 생각이 주마등처럼 떠올라 잠이 오지 않아 뒤척거리는데 어디서 무슨 소리가 들려옵니다. 가로등도 없는 시골 밤하늘에는 반짝반짝 빛나는 별들이 깜깜한 밤을 비추네요. 그리고 조용한 적막을 뚫고 철썩철썩하는 소리가 나를 부르는 것처럼 들려서 현관문을 열고 바닷가 모래를 밟으러 나갔습니다. 그런데 모든 것이 다 변하고 사람의 마음도 옛 순수함은 없고 온갖 것이 다 변했지만 그래도 밤 바닷가의 밀물만은 아직 맑습니다. 그리고 철썩철썩하며 밀고 들어오는 작은 파도만은 변하지 않았습니다. 이제는 고향을 가도 옛 아름다운 곳, 인심 좋고 풍경 좋은 고향은 찾아볼 수가 없습니다. 천상 내 마음 속에 있는 옛 필름이나 잘 간직해야 할 것 같습니다. 하지만 내 모습이 이토록 변해가듯이 고향의 모습도 찾아볼 수가 없어서 마음이 많이 서운합니다.

〈워낭소리〉를 보고

옛 농촌은 어느 집이든 소만 한 마리 키우면 부자라고 했다. 그래서 어느 가정이든지 송아지를 키우고 싶어 했다. 그 시절 우리 집도 소가 없어 농사짓는데 무척 힘들었다. 봄철이 되면 밭 갈고 씨뿌릴 때는 소 있는 집에 가서 소 하루 빌리는데 사람이 이틀 가서 일을 하는 품앗이를 했다. 그래선지 몰라도 소가 있는 집에서는 본의 아니게 강한 권력이 있었다. 비참하게도 소가 없는 집은 소를 빌려쓰기 위해서는 소 주인들께 잘 보여야 했다. 혹 미움이라도 받으면 한 해 농사를 망치는 경우도 있다. 그래서 소가 없는 가정은 미움 받지 않으려고 언제나 조심을 하고 살면서 씨앗 심을 시기를 놓치지 않으려 한다.

소 주인들이 자기네 것을 먼저 심고 소를 빌려주는 이유도 있지만 마을에서 소가 부족하기도 했다. 그러나 더욱 비참 한 것은 자기 일은 못해도 소 주인댁 일은 해주어야 했다. 그 시절 농촌은 소 없이는 어디다 채소 한 포기 심을 수 없던 때이므로 소가 너무 소중한 재산이었다.

그런 기억때문인지 이번에 〈워낭소리〉란 영화를 마음졸이면서 보았다. 영화를 보며 어린 시절 농촌의 삶이 떠올라 가슴이 뭉클했다. 가식 없이 살아온 농촌 옛 모습을 보면서 자꾸 마음이 괴로웠다. 농촌 삶의 모습이 예전과 변하지 않고 소와 하나 돼 사는 것을 보면서 노인과 소는 전생에 무슨 얽힌 사연이 있나 보다 생각도 했다.

저토록 소중하고 자식들 키우는데 밑거름이 된 소를 어찌 할 건지 걱정이 되어 영화를 보면서 처음부터 끝까지 잘 보고 눈시울도 뜨거웠지만 말없이 일만 하고 아파도 아프다는 말 못하고 죽은 소 무덤을 만들어 준 노부부께 찬사를 보내고 손뼉을 친다.

개구리가 올챙이 때를 모른다고 했다. 이번 영화를 통해서 올챙이가 될 뻔한 나를 돌아보게 되었고 속담 속의 올챙이란 말을 듣지 않도록 살아야겠다는 생각을 했다. 좋은 영화를 보여 주신 선생님께도 감사의 말씀을 올린다.

동생의 기일

하늘도 내 마음을 아는지 하루 종일 회색빛 구름만 끼어 금방 비가 내릴 것 같은 날이다. 마음이 우울한 이유가 있다. 내일이 사랑하는 내 동생 기일이다. 하지만 사는 게 뭔지 출근을 해야 하기 때문에 기일에 참석하지 못할 처지라서 마음이 씁쓸하다. 그렇다고 그냥 말 수는 없고 내일은 일요일이니 동생한테 갔다 오자는 생각을 굳혔다. 그리고 올케한테 전화를 걸어서 월요일이 제사니 우리들은 일요일에 산소에 갔다 오겠노라고 했다. 동생 댁도 조카들도 흔쾌히 그렇게 하는 것이 좋겠네요 하니 내 마음이 홀가분하다. 그래서 이제는 동생 추도예배에 참석을 못해도 조금 덜 미안하겠다는 생각이다.

일요일 아침에 올케한테서 전화가 걸려왔다. 내용은 산소에 가게 준비를 하라는 것이다. 그래서 나는 아버지와 동생의 상에 놓을 제수용품을 마트에서 샀다. 조카 차를 타고 올케와 조카들과 벽제납골당으로 가서 아버지와 동생 사진을 보고 "제사에 참석 못할 것 같아서 미리 왔습니다."했다. 그리고 내 큰조카와 돗자리를 펴고 촛불과 향에 불을 붙이고 준비해 간 음식을 상에 올려놓으려 하는데 아버지, 동생 사진을 올케가 잊어먹고 가지고 오지 않았다. 나는 깜짝 놀라며 산속에 무덤만 있는 것이 아니고 여기서는 사진과 지방이 꼭 필요하다고 말을 했다. 내 마음은 몹시 화가 났지만 참으며 그럴 수도 있겠지 하면서 마음을 가다듬었다. 그리고 차려 놓았던 음식을 거둘까 하다가 거둔다면 올케가 일부러 안 가지고 온 것도 아닌데 하면서 거두지 않고 진행을 했다. 나와 큰조카는 술을 따르고, 엄숙하게 예를 갖추고 두 무릎을 꿇고 머리를 숙였다. 조카딸과 올케에게 밖에 나가면 밥 먹기 좋은 곳을 골라서 우리 밥 먹게 상을 차리라고 시켰다.

시상식에 와 축하해준 동생의 자녀들.

큰 조카를 데리고 조상과 네 아버지의 영이 우리와 함께 한다는 설명을 하면서 한 마디 덧붙여서 말을 했다. "아버지는 죽어서 저 하늘

나라에 있다는 것을 나는 의심하지 않는다. 하지만 더 중요한 것은 내 동생이 네 마음에 영원히 살아서 함께 한다는 것을 잊지 않았으면 좋겠다.""예, 고모님."하며 엄숙하게 대답을 하며 2주에 한 번씩 아버지 모습을 잊어버릴까봐 온다고 한다. "사실은 아버지 사진은 집에서 보는 것과 여기 와서 볼 때 마음에 와 닿는 것이 달라요."한다. 그런 말을 들으니 나는 가슴이 뜨거워지는 것을 느끼면서 눈시울이 촉촉해진다.

"고모님, 또 울라고 하니 그만 밥 먹으러 갑시다."하면서 내 등을 민다. 조카와 나는 밥을 준비 해놓은 곳으로 가서 밥을 먹고 맑은 공기도 마시고 입가심으로 커피도 한 잔씩 마시며 이런 말을 했다.

"옛말에 살아도 부모 덕, 죽어도 부모 덕이라더니, 그 말이 명언이다. 애들아, 내 말이 맞지 않니?"

멀고도 외로운 길

삶에 지쳐 하루를 천 년처럼 밤낮을 모르고 살다 보니 어느덧 세월은 나이도 잊게 만들었다. 하루하루 삶의 전쟁 속에서 뛰다 보니 뒤돌아볼 겨를도 없이 살며 나 자신 외에는 생각 할 여유도 없었다. 짧은 인생을 살면서 옷자락만 스쳐도 인연이라 하는데 소중한 인연들을 까맣게 잊을 뻔하였다.

지금으로부터 5년 전 어느 날, 전화가 걸려온 것을 바쁘다는 핑계로 받지 않았다. 조금 있으니 또 전화벨은 요란하게 울려 하던 일을 멈추고 수화기를 들었다. 그런데 전혀 알 수없는 목소리라서 잘못 걸린 전화란 생각에 끊으려 하니 예전에 목포 산정 교회의 장로 부인이라며 자신을 밝힌 후에야 반가운 마음으로 통화를 할 수 있었다. 그리고 나에게 혼자 사느냐며 묻더니 만나서 할 이야기가 많으니 자기를 데리러 오라 하기에 그냥 택시 타고 오라며 우리 집으로 오는 길을 일러 주었다. 한참 있다가 마중을 나갔더니 오랜 세월 그분을 보지 않아서 얼굴을 서로 알아보지 못했다. 택시가 내 앞을 지나가다가 후진을 해서 멈춘다. 그래서 차 안을 들여다보며 혹 개나리 아파트에 오느냐고 물었다. 나는 그분을 보는 순간 너무 놀라서 말이 나오지 않았다. 내가 그 여인을 처음 만난 것은 44년 전, 나 결혼할 때 들러리로 서있었기에 자연스럽게 알았다. 젊은 시절에 그토록 곱고 아름답던 모습은 온데간데없고 늙어 병들어 걷지도 못 한 그 여인을 보니 앞이 캄캄했다. 지팡이를 짚어도 비참할 텐데 전혀 걷지도 못하며 네 발로 기다시피 해서 4층 우리 집까지 들어왔다.

나와 만난 지 못 한 세월 동안 노인은 사람이 겪지 않아도 될 일, 사람으로서 해서는 안 될 행위를 겪으며 살았다. 그런저런 이야기를 들으며 화도 나고 밉기도 하고 눈물을 흘리며 노인의 앞날이 걱정되었다.

노인의 사연은 이랬다.

그동안 어렵게 기도원도 세우고 재산을 꽤 모았으나 남편인 장로가 죽고 난 뒤 너무 외롭고 힘들어서 기도원을 믿음으로 잘 운영할 사람만 있으면 재산을 하나님께 내놓을 생각이었다. 그러자 어디서 자칭 '예수'란 사람이 와서 하나님께서 이곳으로 가라 해서 왔노라고 했다. 그러면서 하는 말이 여기가 바로 '에덴동산'이라며 기도 중에 신께서 보여 준 곳이니 예수님 뜻에 따르라고 했다. 그래서 노인은 전 재산 모두를 자칭 '예수'란 사람들에게 바칠 것을 내심 굳혔고 그 사람들과 생활을 함께 했다.

노인에게는 남편의 전실 자식들이 1남 2녀나 있는데 그 중 아들이 아버지가 만들어 놓은 기도원을 하나님께 바친다는 말을 들었다. 그리고 이건 하나님께 바치는 것이 아니라 사기꾼들에게 뺏기는 거라며 어머니를 찾아왔다. 어머님께 적당한 구실을 붙여서 인감을 받아 아들이 자기 이름으로 임야 6,000평을 상속을 했다.

　일은 이때부터 벌어지고 노인은 아들과의 재산 싸움을 5년 동안 하면서 법정에까지 가야 했다. 자칭 '예수'란 사람들은 노인을 아들과 싸우도록 뒤에서 조종하고 아무 것도 모른 노인은 그들이 하란 대로 했다. 그리고 돈도 그들의 것은 한 푼 쓰지 않고 노인 통장과 카드까지 그 사람들이 가지고 쓰며 사는데 흔히 하는 말로 돈을 물 쓰듯 하고 사니 그 때는 "원장님, 원장님."하더니 돈이 바닥이 나자 그들은 노인을 구박하며 일을 하라하니 이거야 말로 주객이 전도되었다. 노인은 이 빠진 늙은 호랑이가 된 셈이고 당신께서 쓰던 안방도 그들이 차지하고 노인은 뒷방으로 밀려 나는 신세가 되었다. 심지어 외부와 연락까지 차단하고 아는 사람들이 찾아오면 없다고 거짓말을 해서 돌려보내니 일종의 감금이었다. 앉아서 받던 밥상도 손수 찾아 먹고 하는데 그도 부족한지 청소를 하라, 밥하라 해서 청소를 하다 넘어져 엉치뼈가 깨졌다. 그런데도 그들은 세월 가면 낫는다고 하면서 걷지도 서지도 못 하는 노인을 엄살이라고까지 했다. 노인은 산속에서 외부와 연락이 안 되니 그 곳의 일을 알릴수도, 빠져 나올 수도 없어 거기서 죽어도 모를 신세였다.

　그런데! 쥐구멍에도 볕들 날이 있듯이 노인에게 드디어 그 곳을 빠져 나을 기회가 생겼다. 그들이 노인을 불러 친척 집에 가서 돈 얻어 오라면서 언니네 집으로 태워다 주며 하는 말이 재판 연락 오면 데리러 오겠다고 했다. 노인께서는 언니네 집에 기어서 들어가니 그 모습을 본 언니가 좋아할 리 없다. 병신이 된 동생 모습을 볼 때마다 소리소리 질러대면서 나가 죽지 무슨 영화를 보겠다고 사느냐며 분

노했다.

언니네 집에서도 도움이 되지 않을 것을 판단했으나 다른 방법이 떠오르지 않고 모진 목숨 끊을 길 없어 어쩌면 언니도 모르게 다른 곳으로 도망 갈 수 있을까 생각을 했다. 그런데 문득 삼례기도원 목사님 생각이 나서 전화를 걸어 자기 있는 곳을 말하고 빨리 자기 좀 데려가 달라고 애원을 했다.

그래서 언니네 집에서 도망 할 기회를 놓치지 않고 몸을 피할 수가 있었다. 노인을 모셔간 목사님께서도 기도만 해줄 뿐 병원에 가자는 말은 하지 않았다. 자칭 '예수'란 사람들이 이곳을 알면 목사님께서도 피해를 볼 수 있다는 생각이 들어 의붓딸에게 연락을 했다. 딸이 위치를 묻기에 삼례 어느 기도원이라며 일러 주었다.

그래도 '내 속으로 낳은 딸'은 아니지만 전화를 받고 달려와 서울로 모셔 병원에 입원을 시킬 생각을 했다. 비록 어머니의 행위는 밉지만 사시는 동안 걷기라도 해야 되지 않느냐며 나에게 말을 전한다. 이렇게 노인과 나는 44년 만에 다시 만나게 되었다. 노인의 진찰 결과 엉치뼈가 여러 조각으로 깨졌다고 한다. 빨리 수술을 했으면 걷는 데는 아무 문제없는데 너무 늦었다고 한다. 그도 그럴 것이 넘어진 지가 1년이 지났으니 어쩌면 당연한 결과다.

수술은 대 수술이라고 의사 선생님께서 입원 수속을 하라하니 안할 수도 없었다. 딸은 통근 치료 며칠 하면 낫겠지 했는데 생각과 달리 입원비가 300만원이 넘게 든다고 하니 딸의 말투가 퉁명스럽고 얼굴이 붉으락푸르락한다. 옆에서 두 사람을 볼 때 오히려 내가 민망하고 딱하게만 느껴졌다.

계절은 12월이라 날씨도 매우 추웠고 나는 낮에는 직장, 밤에는 노인의 간병을 하느라 무척이나 힘들었다. 노인의 수술 후 2주를 입원을 했으나 별로 차도가 없었다. 상황이 그러니 딸은 퇴원을 하라했다. 허나 노인은 병원에 더 있고 싶어서 내가 집에 와 잠깐 쉬는 순간에 딸에게 말을 해달라며 전화를 해왔다. 노인의 생각을 듣고 딸의 입장을 헤아려 보았다. 노인께서 의붓딸에게 너무 잘못 했다는 것을 알고 나니 딸의 처지가 퇴원을 고집할만하다. 젊고 힘 있을 때 딸들에게 좀 잘하지 하며 나 또한 속으로 두런두런 했다. 그렇지만 어쩌겠는가! 전생에 노인과 나는 부모 자식이었는지도 모르겠다는 생각을 하면서 병원으로 달려갔다. 2층 병실로 들어서 노인이 울고 있는 것을 보니 마음 찡하다. 같은 병실을 쓰는 환자들이 날더러 잘 왔다고 하며 어린 아이처럼 나를 기다렸다고 한다. 한참을 노인의 이야기를 듣고 생각하다 의사 선생님을 찾아가서 "선생님! 노인께서 오늘 오후에 퇴원을 한다는데 해도 되나요?"했다.

의사 선생님께서 저와 노인의 관계를 묻기에 나는 그냥 아는 사람이라며 자세하게 이야기를 했다. 그리고 "선생님! 부탁이 있습니다. 노인을 위해 꼭 들어 주십시오. 1주일만 더 병원에 있고 싶어 합니다. 그러니 노인의 보호자에게 지금 퇴원 하면 안 된다고 말씀해주시면 입원비는 제가 결제 할 테니 선생님께서 1주일 입원비는 안 받겠다고 말씀 해주세요." 선생님께서는 부탁을 들어 주셨고 노인은 소원대로 1주일 더 병원에 있게 되었다.

이제 퇴원을 해야 하는데 걱정이 태산이다. 아직 걷지도 못 하고 병원은 한 주에 한 번 씩 통근 치료를 해야 하는데 딱히 가 있을 곳이 없어 할 수 없이 나와 함께 지낼 수밖에 없었다. 다행히도 퇴원 후에 부작용 없이 하루하루를 조심스럽게 지내는데 아들과 재산 법정 싸움이 끝나지 않았기에 법원으로부터 나오란 연락이 왔다는 것이다. 몸도 아직 성치 못 한 분이 잘못 움직이면 안 된다는 의사 선생님의 당부도 잊고 상황 판단이 전혀 안 되는 노인이었다. 몸은 병들고 갈 곳도 없는 노인은 가다 죽더라도 법정에 나가야 한다고 고집을 부린다. 이런 경우를 두고 '기가 막힌다'고 하나보다. 노인께 참석 하지 말라고 잔소리를 하기 시작 하며 노인의 철없는 행위를 보고 들으니 너무 화가 나서 "여보세요, 노인양반!"하고 큰 소리로 부르며 법정에 굳이 가려면 내 집으로 오지 말라는 심한 말도 했다.

지금 생각하니 몸도 아프고 갈 곳도 없는 분께 너무 심하게 말을 했다는 생각이 들었다. 노인의 법정 불참으로 아들은 지긋지긋한 법정에서 이겼는지도 모른다. 노인과 아들의 싸움이 끝 난 뒤로 아들을 한 번 만나 보라고 해서 만나 보았다. 내가 보기는 착해보였다. 아들은 울며 자기 어머니를 이해한다며 돌아가실 때까지는 그 기도원에서 머무르시면 좋겠다고 했다.

계절은 3월인데 꽤 추웠고 노인의 살던 곳으로 모셔다 드렸다.

노인께서 내려간 뒤로도 밤마다 서로 전화를 걸어 건강을 확인 하고 혹 전화를 받지 않으면 서로 안절부절 못했다. 그 해 여름 방학 때 노인의 집에 가려 하는데 하필 가던 날이 장날이라 더니 장대비가 쏟아졌다. 머릿속은 수재민들 모습으로 아수라장이었다. 복잡한 머릿속 손님들을 내보내기 위해 '그래, 나도 여행 가는 것 아니야. 불쌍한 독거노인을 도우러 가는 거야'하며 억지 춘향으로 마음을 달랬다.

기차를 기다리며 봤던 텔레비전에는 '물폭탄'을 맞은 강원도의 모습이 나왔다. 지금 내 모습을 생각하니 죄스러움에 마음이 편치 않았다.

그리고 목적지 도착이란 안내 방송을 듣고 내려 택시에 과일박스를 싣고 가는 행선지를 말했다. 조금 있으니 노인은 지팡이를 짚고 집밖에 나와 나를 기다리는 모습이 애처롭기까지 했다. 노인은 내 손을 잡고 반가워서 눈물을 흘리며 계속 이야기만 한다. 나는 배가 고픈데 밥 먹으란 말도 잊고 그동안 못 한 말을 한다. 배가 너무 고프기에 일어나 노인을 꼭 끼어 안아 주고 못 한 이야기는 밤에 하자며 주방으로 들어갔다. 배가 고파서 견디기가 힘들어 뭐 먹을 것 있나 하고 여기저기를 보았다. 보이는 것은 온통 시커먼 곰팡이와 여기저기서 바퀴 벌레, 하늘에선 작은 비가 내리는데 안방, 부엌에는 비가 샌다. 노인은 지팡이를 짚고 다니면서 세숫대야를 받쳐 놓는 것을 보니 이거 참 사람이 살 곳이 아니라 싶어 밤새 머릿속으로 주방을 옮길 설계를 했다.

그리고 다음날 노인께서 병원에 가는 틈에 주방을 안방 앞으로 옮겨 놓으려고 부지런히 서둘렀다. 냉장고, 싱크대, 모든 집기를 사용하기 좋게 정리를 하고 보니 주방이 훌륭하다. 주방 위치와 살림살이는 내 힘으로 했는데 주방의 심장인 수도와 가스는 내가 할 수 없었다. 그래서 하나님께 기도를 드렸다. 남자 어르신 두 분만 보내 달라고 하면서 간절히 기도를 했다. 그런데 이거 웬일인가, 기도가 끝나고 조금 있으니 남자 두 분이 오셨다. 너무 반가워서 "안녕 하세요, 저는 서울에서 온 사람입니다."하고 인사를 하자 그분들도 친절 하게 답을 해준다.

"날씨가 더우니 안으로 들어오셔서 시원 한 차나 한잔 하시지요." 했다. 그 분들은 차를 마시며 내 이야기를 듣고 좋은 생각이라며 도와 주겠다고한다. 그런데 또 수도를 연결 할 부속이 없다. 마침 한 분이 차가 있어 그 차로 시내에 가서 부속을 사왔다. 노인이 돌아오기 전에 모든 일을 끝내고 그분들에게 수고의 대가로 자동차 기름을 가득 채워 주고 나니 기분이 좋아 "하나님! 감사합니다."했다. 그런데 나중에 들으니 그분들은 아랫마을에 사는 교회 집사님이라고 한다.

노인이 늦게 들어와 깜짝 놀라며 좋아 하는 것을 보니 내가 집에서 떠날 적에 강원도 수재가 마음에 걸렸던 일들이 사라지며 행복했다. 그 후로도 매년 방학을 하면 내려가 노인생활에 불편 한데는 없나 싶어 확인 하고 돌아오곤 한 세월이 어느덧 4~5년이 되었다. 2009년 설을 나와 함께 하는데 노인의 몸에서 기가 빠져 나가는 느낌이 들어다. "언니, 건강 하게 살아야 나와 함께 살지."하는 순간 마음이 뭉클해지며 눈물이 났다.

노인께서도 그 말이 가슴에 남았던지 2009년 4월에 전화를 해왔다. 내용은 이랬다 "나 진짜로 데리고 살 거야?"한다. 그렇다고 대답을 하자 노인께서 이제 늙으니까 혼자 못 살겠다고 한다. 나는 금년으로 직장을 그만 두고 노인과 어디서든 함께 지낼 생각을 굳히고 계획을 세웠다. 그런데 일주일 동안 전화가 없어서 걱정이 돼 노인의 집으로 전화를 해도 받지 않고 핸드폰으로 걸어도 받지 않아 마음이 불안하고 초조했다. 전화를 받을 때까지 하니 드디어 노인께서 전화를 받는다. 급한 목소리로 왜 전화를 받지 않느냐고 했더니 병원이라며, '심장암'이라 한다.

노인의 그 말을 듣는 순간 머리가 '띵'하니 얻어맞은 기분으로 일손이 잡히지 않았다. 그 마을에는 노인을 어머니처럼 돌봐 드리던 이장님이 계시는데 이번에도 또 그분께서 수고를 하겠다는 생각이 들어 연락을 해 노인의 소식을 묻고 운명 하시면 연락 달라고 부탁을 했다.

그리고 3일 후 이장님께서 노인이 '고향'으로 가셨다고 전화가 왔다. 이미 예상한 일이지만 힘이 쭉 빠졌다. 노인은 믿음을 가진 사람으로서는 해서는 안 될 삶을 살았지만 결코 미워 할 수가 없는 분이었다.

노인은 입버릇처럼 이제 일 그만 하고 보성으로 오란 말을 종종했다. 그럼에도 불구하고 "그대여, 조금만 참고 있어요. 돈이 있어야 살 거 아니야."하며 노인을 달랬다. 지금 생각하니 노인의 마음은 아마도 조급하며 삶이 얼마 남지 않았다는 것을 감지했나보다. 아름다운 세상 끝내고 가는 길에 주머니도 없는 옷 한 벌 입고 가는데 뭣을 얻기 위해 그토록 힘들게 살았는가?

그대와 함께하던 지난날들 아름다운 추억으로 묻어 둘게 긴 소풍 끝내고 고향으로 가는 길은 울퉁불퉁 한 비포장 길이 아니고 향기로운 꽃 길 이었으면 좋겠다. 그대여! 이 세상으로는 다시는 소풍 오지 마소 인생 여행길은 멀고도 슬프니까.

한센병의 슬픔

예전에는 문둥이가 온다고 하면 울던 아이도 울음을 뚝 그치던 때가 있었다.

그때는 왜 그렇게 몹쓸 병에 걸린 사람이 많았을까싶다. 여름이면 벙거지를 쓰고 까만 누더기 옷을 입고 이 집 저 집 구걸을 했다. 아이들은 혼자 집에 있기 무서워했다. 어른들은 아이들에게 등하굣길에 대여섯 명씩 모여 다니라고 말했다.

나 어릴 적에 본 문둥이들이 왜 그렇게 무서운지 먼발치에서만 봐도 걸음아 날 살려라며 도망쳤다. 문둥이들이 떼로 몰려와 곡식을 달라고 하면서 어찌나 겁을 주던지 지금 생각해도 오금이 저려온다.

그렇게 문둥이의 대한 공포심은 내 나이 열 살이 넘도록 지속 되었다. 어느 날 큰어머니의 전도로 예수님을 믿고 문둥이에 대한 공포는 차츰 없어졌다. 그토록 무섭던 문둥이를 가까이서 만날 기회가 있었다. 어린 나를 데리고 전도사님이 소록도 한센환자 마을에 전도하려 갈 기회가 있어 동행하게 되었다.

그때 수요일 밤 예배시간에 주님의 은혜를 받은 한센병 환자가 울며 간증한 내용을 듣고 나도 울었다. 문둥병 환자가 까만 벙거지를 쓰고 다닌 이유를 알게 되었다. 그 병에 걸리면 피부가 죽어 감각이 없어서져 눈썹이 빠지고, 얼굴이 틀어져 너무 보기 흉에서 벙거지를 쓴다고 했다. 녹이 쓴 대못이 발바닥에 박혀도 아프지 않아 박힌 채 다녔다고 했다. 피가 신발 속에 고여도 모르고, 몸에 종기가 나도 낫지 않고 피고름만 나고 몸이 변한다고 했다. 그러다보니 내 땅, 내가 마음 놓고 살아야 하는 곳을 마련해야겠다는 신념으로 죽기 살기로 일만 했다고 한다.

어느 날 동료들끼리 얼굴을 마주 보고 서로 상대에게 눈썹이 없다고 했단다. 깜짝 놀라 감춰두었던 손거울을 보고서야 이것은 사람의 모습이 아니었다고 하고 거울도 필요없다며 깨버렸다고 했다. 그 후로부터는 손가락도 발가락도 하나 둘 떨어져도 모르고 나중에는 땅을 파고 그것들을 묻어주었다고 했다. 병이 들기 전 모습이 그리워서 밝은 색 옷을 입었더니 이 곳 저 곳에 붉은 고름이 묻어 보기흉해 못 입고 검은 옷만 입는다고 했다. 그 사람의 간증을 들으며 '왜 저토록 불쌍한 사람들을 무서워했을까'하며 괴로웠다. 그 두 사람의 간증을 울지 않고는 들을 수가 없었다.

30년 후 경기도에 만나야 할 사람을 찾아갔다. 그 사람을 만나 이야기를 듣다보니 아주 어릴 적에 소록도 예배당에서 눈물콧물 흘리며 간증하던 분이 분명했다. 그래서 조심스럽게 "저 혹시 소록도에 살지 않았어요?"하고 물었다. "그럼 살았지"하다가 깜짝 놀라며 "그 때 그 꼬마가 중년이 됐어? 그 때가 엊그제 같은데"하며 "정말 죄짓고 못살겠네!"했다. 반갑다며 손가락도 없는 손으로 내 손을 잡아 주고 지금도 신앙생활 잘 하느냐며 이것저것을 물었다.

그 후로 힘들게 막아놓은 간척지는 원주민들에게 빼앗기고 이곳 영광에 터를 잡고 고생 고생했다고 한다. 이제는 양돈 사업을 하다 보니 입도 틀어지고, 눈썹도 없고, 손가락도 없어도 사람들이 찾아온다고 했다.

"소록도 예배당에서 본 어린 소녀가 80이 넘은 나를 기억해 주어서 너무 기쁘다"며 손가락도 없는 손으로 내 등을 자꾸 쓸어내렸다.

나에게 그 분이 우리 꼬맹이라고 부르며 밥을 사줘서 먹고 다음에는 제가 대접하겠다고 인사를 하고 돌아섰다.

1년 후에 어르신을 찾아갔지만 그 분은 저세상으로 가고 안 계셨다. 대접하겠다는 약속을 못 지킨 미안함을 묵념으로 대신했다. 지금도 그 분들의 눈물이 생생하다. 그때도 지금처럼 의약이 좋았다면 무서운 나병 때문에 버림받고, 서럽게 죽어간 사람은 없으리라 생각이 들면서 한때나마 그분들을 무서워했던 것이 미안한 마음이 들었다. 내가 만난 한센병 환자들은 비록 육신은 병들고 얼굴은 틀어지고 몸은 보기 흉하지만 마음은 맑고 깨끗한 천사였는데도 말이다.

배려의 여신

"아우야 잘 있지? 어디 아픈 데는 없고 잘 자고 뭐든지 잘 먹어야
건강하다."

형님은 나에게 이 말만 하고 나에게 말할 기회도 주지 않고 전화를
끊었다. 부족할 것 없는 형님은 고등학교 한문교사이자, 공무원 아
내로 행복한 분이셨다. 모든 여인들의 부러움의 대상이었다. 사회에
서 잘 나가는 자식들 배경을 업고 목에 힘 줄 만도 한데 보면 볼수록,
겪으면 겪을수록 겸손하고 정이 많은 분임을 알겠다. 남을 배려하는
마음이 깊은 물속에서 빛을 내는 황금 같다.

젊은 시절에 겁 없이 부동산에 손을 대서 한순간에 쫄딱 실패하고
비참하게 지내던 나에게 "너 지금 돈이 필요하지?" 했다. 그리고 나
에게 큰 액수인 삼천만 원을 계좌로 넣었으니 종자돈으로 쓰라고 했
다. 깜짝 놀라며 사막에서 오아시스를 만난 것처럼 눈이 번쩍 띄었
다. 흥분된 마음을 가라앉히고 생각에 생각을 해도 고맙다는 말도
안 나왔다. 소리 없이 눈물만 흘러내렸다. 그리고 이 돈으로 어떤 씨
앗을 사서 심어야 열매를 잘 맺을까 고민해 고민을 했다.

196

지인과 신림 9동에다 분식집을 시작했다. 형님의 고마움을 생각해서 힘들어도, 때로는 쉬고 싶어도 쉬지 않고 서울대학교 입학식이나, 졸업식 때면 밤을 꼬박 새워 장사를 했다. 그 결과 2년 만에 이자도 없이 원금만 갚아드렸다. 그 뒤로도 형님은 나에게 몸에 좋은 영양제, 화장품, 시계, 목걸이 등 내게 없을 만한 것은 다 가져다 주셨다. 나는 너무 좋아서 "형님? 어떻게 내게 없는 것을 알고 주세요?" 하면 "너 주는 것이 나는 행복해."하셨다.

평생을 대가 없이 베풀기만 하는 수호천사 형님께 늘 받기만 했다. 몸과 마음이 힘들 때 늘 쉼터가 되어 주고 추울 때는 따뜻한 온돌방이 되어 주셨다. 그 고마움을 갚지도 못한 나 자신이 부끄럽다. 배려와 나눔을 생활화해야 행복한 사회를 만드는 데 밑거름이 된다고 생각한다. 수호 여신께서 나눔의 씨앗을 뿌려 주신 은혜, 곱게 길러 나도 분양하려고 한다. 시들지 않는 꽃처럼 사시는 분! 나도 본받아야겠다.

잊히지 않는 사람

글을 쓰려고 여기저기 기웃기웃하던 시절이 있었다.

그 시절 하루는 서울문학으로부터 초대장을 받았다. 신인상 행사 구경도 하고 수상자들 축하도 하라는 내용이었다. 남양주에 사는 지인에게 문학 행사에 가자며 조심스럽게 이야기했다. 다행히도 흔쾌히 가겠다고 했다. 2008년 12월 마지막 토요일 오후 4시, 행사장에 도착했다. 처음 참석한 자리라서 아는 사람이라곤 초대장을 보내준 한 대표뿐이었다. 줄지어 있는 의자에 친구랑 나란히 앉았다.

키가 큰 사람이 처음 왔느냐고 말을 걸었다. 키는 장승처럼 크고 검은 얼굴에 까만 모자를 쓴 사람, 그 사람이 사회자였다. 행사는 단출하지만 사회자의 음성이 너무 좋고 낭랑한 시낭송 등 그런 대로 알찬 잔칫집이었다. 행사가 끝나고 식당에서 저녁을 먹고 일어설 참이었다. 사회자가 다음에도 꼭 참석해달라며 친절하게 말했다. 외모보다 목소리가 듬직하며 참 좋았다.

3개월 후, 계간지 4월호에 내 시가 첫선을 보였다. 이번에는 하객이 아니고 당당하게 시인 학교 입학생으로 참석할 수 있었다. 정작 내가 신인상을 받는 행사에는 일이 생겨 참석을 못했다. 나중에 사

198

무실로 가서 신인 상장도 받고 선배 시인들의 분에 넘치는 격려까지 받았다. 〈서울문학〉 마크가 찍힌 금배지도 받았다.

　그해 여름, 뜻이 맞는 회원들이 힘을 합해 〈코리아문학〉을 새로 만들고 회장 선출을 했다. 두 말할 여지없이 만장일치로 키가 큰 사회자가 회장으로 선출 되었다. 창간호가 나오자 회장 취임식까지 겸했다. 문학계 굵직굵직한 인사들을 모시고, 다른 문학에서 부러워할 정도로 행사를 남산 한국의집에서 치렀다. 그도 그럴 것이 신임 회장이 치과 원장이라 경제적 기대가 컸다. 몇 년 동안 계간지도 꾸준히 잘 나오고 등단자도 많았다. 회장은 여성 회원들은 문학으로 태어났다고 우리 딸들이라 불렀다. 보기보다 다정다감했다. 그런데 어느 날부터 회장은 몸속에 죽음의 씨앗 암을 키우면서 병원 가면 주사가 무서워 못 간다고 농담처럼 말했다. 그 말은 농담이 아니었다. 힘들게 암과 싸우며 문학 걱정을 했다. 서울에서 열 번째로 만들어야겠다고 입버릇처럼 말했다. 오직 〈코리아 문학〉을 다른 문학에 뒤지지 않게 키워 놓겠다고 했다. 그 집안 2대가 의사이고, 본인은 서울치대 나와 치과를 운영했다. 남의 이는 집게로 쑥쑥 뽑아 대면서 본인은 주사가 무섭다고 병원도 못 간다고 했다. 까만 얼굴 커다란 키에 점점 암과 싸우는 모습이 안타까워 볼 수가 없었다.

　어느 날 걸려온 전화통화 내용은 회장이 위를 통째로 잘라내고 혼수상태라 했다. 회원들이 연락을 받고 부리나케 건대 병원으로 달려갔다. 병실에 들어갔더니 회복해서 깜짝 반겼다. 우리 딸들이 왔다며 어찌나 좋아하던지, 얼마나 외로웠으면 저렇게 좋아할까 콧등이 찡했다. 돌아오는 길에 의사를 만났다. 충격적이었다. 1년도 못 산다고 했다.

동부 가던 길에 한 주에 한 번은 병원에 들렀다. 갈 때마다 간병인도 없이 혼자 병마와 싸우는 모습이 너무 불쌍하고 마음 아팠다. 숨이 거둘 시간이 목전에 와 있는데, 본인은 아는지, 모르는 척하는지, 오직 문학만 걱정했다. 한 때는 잘 나가던 치과원장이, 양귀비 늪에 빠져 웃던 시절 제법 알아주었다고 했다. 그렇게 화려하던 과거와는 달리 지금은 가정도 풍비박산이 났고, 몸은 병들었다고, 아무도 찾아오지 않았다. 달면 삼키고 쓰면 뱉는 현실에 노숙 인처럼 병실에 혼자 누워있는 것을 보면서 그 분의 현실을 짐작 했다. 당당하던 모습은 간 데 없다. 차마 눈뜨고 볼 수 없었다. 졸졸 따라다니며 충성하던 그 많은 사람들은 어디로 가고 문병 한 번 오지 않았다. 한 번은 전화벨이 울리기에 받았다 그분의 전화였다. 올 때가 됐는데 오지 않아서 전화했다며 다 죽어가는 목소리였다.

그 다음에 갔더니 환자가 없었다. 간호사에게 여기 있던 환자 어디 갔냐고 혹 죽었냐고 물었다. "아 그 거지 환자요. 친구란 사람이 모셔 갔어요."라고 했다. 결국 요양병원에서 2개월 있다가 저세상으로 가셨다. 마지막 가는 길에 배웅한 사람도 없이 외롭고 쓸쓸하게 먼 길을 그렇게 떠났다. 귀공자로 태어나 장군처럼 당당하던 모습은 간 데 없고, 비참한 모습만 주마등처럼 스친다. 인생 별거 있는가 한 세월이 썩은 그루터기만 남았다는 것을 절실하게 느낀다.

떠나는 아쉬움

2010년 2월 29일. 14년을 한결같이 다니던 삶의 터전, 어린이집을 떠나게 되었다. 아이들은 더 넓은 세상으로 나가기위해 졸업하는데 나는 쓸모없는 사람이 되어 퇴임을 했다. 꽃봉오리처럼 예쁘고 귀여운 아이들은 더 넓은 세상으로 나가기 위해 졸업 했다. 졸업한 아이들을 다시는 볼 수 없다는 생각, 올해는 또 어떤 개구쟁이들이 입학할까하는 생각에 젖었다. 다른 날보다 유난히 예뻐 보인 아이들에게 가운을 입히며 꼭 안아주었다. 예쁜 왕자, 공주들 초등학교 가서도 건강하고 예쁘게 자라야 한다고 격려도 해주었다. 유아반부터 다니던 애들은 나와 3년을 함께했다. 아이들이 꽃을 들고 눈물을 훔치며 나에게로 달려와 품에 안겼다. 예쁘고 옥구슬처럼 맑은 목소리, 초롱초롱한 눈동자를 생각하니 눈물이 났다. 꼬맹이들은 넓은 세상이란 바다로 헤엄치려 가는데 나는 연못에도 들어갈 수 없게 되었다. 이런 저런 생각들이 더욱 힘 빠지게 했다.

퇴임이란 두 단어가 사람을 바람 빠진 풍선처럼 기운 빠지게 만들었다. 세상을 다 잃어버린 것 같은 내가 나를 통제가 되지 않아 앞이 캄캄했다. 지나간 시간을 돌아보니 칠흑같이 어두웠던 삶을 묵묵히

지켜본 새벽 별처럼 밝혀 주던 유치원 아이들이었다. 힘들게 살던 나를 등 뒤에서 비타민이 되어 준 회장님, 이사장님 이 분들 곁을 떠나는 것이 더욱 아쉬웠다. 그동안 직장 생활하면서 서운한 일 즐거운 일들이 한꺼번에 떠올랐다. 두 분의 따뜻한 손으로 몸과 마음이 꽁꽁 얼어붙은 내 손을 잡아주었다.

그 때 내 나이 쉰두 살. 그해 여름 방학이 끝나고 개학 당시 9월 1일 이 아이들과 첫 만남의 날이었다. 아이들을 차에 태우고, 내려주고, 길 건네주고, 안전사고 대비하던 중에 엄마들과 웃지 못할 일들이 심심치 않게 일어났다.

하루는 한 엄마가 자기 아이를 예뻐하지 않는다고 항의 전화를 걸어와 기분이 꿀꿀 한 적도 있었다. 늘 뒤에서 기둥이 되어주고 때로는 두 분의 격려와 조언도 아끼지 않았다. 험하고 막연한 길을 쓰러지지 않고 갈 수 있었던 것은 든든한 두 분 길라잡이가 있었던 덕분이었다. 92세 고령의 연세에도 늘 아끼고 전략이 몸에 배어 있었다. 사람은 아낄 줄 아는 사람이라야 나라에도 애국한다고 입버릇처럼 하셨다. 이분들에게 부지런함, 아끼는 것, 약자에게 배려하는 마음가짐을 배워야 했는데 배우지 못해 아쉬웠다.

옛말에 큰 나무 덕은 못 봐도 큰사람 덕은 본다고 한 말이 나에게 적절한 명언이었다. 퇴임하면서 돌아보니 이분들 도움을 참 많이 받고 직장 생활했다는 생각이 뒤늦게 들었다. 오랜 삶의 터전을 떠나는 서운함은 이로 말할 수 없이 컸다. 사람은 어떤 경우에도 길들어진다더니 역시 지금의 생활에 익숙해졌다.

예림학원 설립자와 보육교사로 시작한 인연이지만 나를 딸 같이 아껴주신

임형선 선생님과의 인연은 아주 각별합니다.

다음의 〈결혼 하루의 후회〉와 〈잊을 수 없는 짠무지〉 글은

임형선 선생님의 이야기를 풀어 쓴 것임을 독자 여러분께 밝힙니다.

결혼 하루의 후회

내가 모시고 있는 임형선 선생님의 이야기이다. 그분은 예전을 떠올리며 한 번 가난이란 굴레에서 벗어나고 싶은 생각에 결혼이란 것에 코가 끼인 적이 있었다고 한다. 이번엔 그 이야기를 해보고자 한다.

일제 시대부터 해방 이후까지 미용이란 최고의 기술을 가진 신 여성들은 인기가 많았다. 그분도 비록 남에 미용실에서 일하는 직원이지만 충무로 일대의 굵직굵직하고 잘나가는 사모님들도 나만을 찾을 정도로 당시 일류 기술자였다. 그때는 미용 기술이 널리 알려지지 않아서 미용사라는 직업은 참 대단했다. 정치거물이나 기업을 하는 사장부인들, 일본 여성들까지도 그분에게만 머리를 하겠다고 줄을 섰다. 머리를 하려면 보통 2~3시간은 기다려야 하는데도 파마는 물론이고 올린 머리 할 것 없이 그분의 손만 바라보고 있었다. 기술도 좋았지만 그분의 성실한 모습을 더욱 좋게 봐주었으리라 생각되었다. 그 시절에 기술을 배우기까지 무보수 생활을 몇 년 해야 했다. 그녀가 기술자가 되기까지 4~5년이란 세월이 흘렀다. 기술자 선배들이 구박을 할 때마다 두 주먹을 붉은 쥐며, 어금니를 깨물고 눈물을 삼켰다. 그렇게까지 해서라도 기술을 배워야 했던 까닭은 지긋지긋한 가난을 벗어나고 싶어서였다고 한다. 지금은 세월이 좋아져서 미용 학원에서 기술을 배워 미용보조로 들어가도 교통비는 주지만 그때는 교통비도 주지 않았다. 서럽게 기술을 배워 최고의 기술자가 되었어도 급여는 네 모녀가 입에 풀칠하기도 어려웠다.

그 무렵 생활이 괜찮은 집안 아들에게 어머니가 시집가라하는데 전실 아이가 둘이나 있었다. 그 남자 직업은 시청 공무원이라고 했다. 그 사람이 이유막론하고 그분은 싫었다고 한다. 그쪽 어머니가 패물이며 결혼 날짜, 청첩장까지 보내왔다. 아무리 가난이 싫어도 그렇지 맘에도 없는 남자에게 시집가기가 그분은 죽기보다 싫었다.

결혼 사흘을 앞두고 눈을 꼭 감고 쥐도 새도 모르게 신경에 있는 친구를 찾아 떠났다. 친구 집에서 며칠 쉬다가 미용실에 취직을 했다. 우리나라보다 기술이 앞서는 나라에서 부족한 기술을 더 배웠다. 기술을 보충하고 나니 그분의 기술은 누구도 감히 따라 올 수 없이 최고가 되었다. 서울에 어머니와 동생들이 그립고 보고 싶어 황주에 계신 아버지 집으로 가 파혼한 일을 알아봐달라고 했다. 그 소식을 들은 어머니가 괜찮다고 어서 오란 연락이 왔다.

그 연락을 받고 그립던 어머니 집으로 부리나케 돌아왔다. 맑고 상쾌한 서울 하늘은 따뜻한 사랑으로 그분을 맞아주었다. 엄마와 다시 만난 기쁨도 잠시, 네 모녀의 삶을 위해 예전에 일하던 미장원을 찾아갔다. 어서 오라며 친절하게 맞아 주었다. 다시 가족의 생계를 위해 머리카락과 전쟁을 해야 했다. 부유층 주부들, 기생들은 기술 좋은 아가씨가 돌아 왔다고 아주 좋아했다. 물론 인기와 팬도 많았다.

사랑받는 기술 좋은 아가씨라고 머리를 예쁘게 손질해주면 팁도 주고 '아가씨는 미래가 보여 언젠가는 잘 살 거야'하면서 등을 쓸며 격려해주는 손님도 많았다.

그 해 잘생기고 건강한 청년이 자꾸 그분을 눈여겨보았다. 그 청년의 집안은 대대로 의사집안이고 맏아들이라 했다. 아는 것은 그뿐인데 그 청년 아버지가 자기 집안 재산을 보고 자기 아들을 유혹한다고 경찰에 신고를 했다. 영문도 모르고 끌려가 조사를 받던 중에 형사가 혹시나 어디 업소에 종사하는 여성인가 했다며 미안하다고 했다. '아가씨 내가 묻는 대로 솔직하게 대답해주세요 혹시라도 거짓을 말하면 내가 도와 줄 수가 없다'고 했다. 그 남자를 언제부터 사귔느냐면 꼬치꼬치 묻기 시작했다. 참 곤욕스럽고 속상하고 분하기까지 했다. 하지만 형사 말대로 묻는 대로 진솔하게 한 치도 거짓 없이 대답했다. '이렇게 착한 아가씨에게 이런 짓을 하다니 참 몹쓸 사람'이라고 혼자 말로 중얼 대고는 용기 잃지 말고 열심히 살라고 격려까지 해 주었다. 사실은 그 남자는 건강한 청년이란 것과 또 미장원 손님들 상대로 화장수를 주문해 주곤 했다. 고객들이 그분에게 화장수 값을 맡기면 그 청년에게 전해준 것이 전부이다. 그때는 화장품이 안 좋아서 병원에서 화장수를 만들어 고위층 부인들, 기생들에게 팔았다. 그렇게 얼마동안 그분을 지켜보니 착하고 순진하고 거기다가 기술 좋고, 얼굴도 반반했다. 그래선지 병원장이 나를 며느리 감으로 결심했는지 관심을 두기 시작했다.

아무리 좋다고 해도 그렇지 아무 관계도 없는 그녀를 형사고발까지 한 집안 아들과 결혼은 용납이 안 되었다. 그 집 식구들이 그분을 찾아와 무릎 꿇고 빌곤 했다. 경찰에 신고하고 모욕준 것은 너무 잘 못했다며 결혼만 해 준다면 이 세상에 부러울 것 없이 살게 해 주겠다고 하니 그 바람에 속고 말았다고 한다.

믿을 수 없는 것이 여자라더니 지긋지긋한 가난이 싫던 차에 돈 많고 2~3대가 의사인 집안에 맏며느리 감이라니, 흔들리기 시작했다. 거기다가 엄마, 언니, 동생 세 모녀의 생활비까지 주겠다고 하는 바람에 결혼을 허락했다.

그때 그분의 나이 스물두 살. 천향각 호텔에서 흰 드레스를 입고 결혼식을 했다. 결혼식 서약을 할 때만해도 가난에서 벗어나는 꿈을 꾸며 신랑신부 입장과 퇴장을 했다.

행복한 꿈도 오래 꾸지도 못하고 머릿속은 폭탄을 맞았다. 결혼식 후 천 향각 호텔 식당에서 피로연 중에 신부 측 하객들은 모두 나오라고 했다. 신부 측 하객은 불과 20명 정도였다. 부자라고 큰소리치며 온갖 폼을 다잡고 우리 친정 생활비까지 주겠다고 장담했던 사람들 모습은 겉과 속이 다른 이중적인 것을 볼 때 그 자리서 결혼 무효하고 싶었다. 지금 같으면 드레스 벗어던지고 친정식구들 모시고 집으로 왔을 텐데 그때 만해도 참 순진 했다고 하신다.

결혼 하루 만에 후회하면서 남편을 따라 북경으로 갔다. 후회는 북경서나 서울에서나 달라질 것 없이 앞이 캄캄했다. 사람이 낮에는 열심히 일하고 밤에는 잠을 자야 정상이지 어떻게 되는 건지 밤에는 나가고 낮에는 하루 종일 잠만 자는 남편을 보면서 결심을 했다. 부잣집 귀부인은 커녕 친정 생활비를 생각하니 하루도 거기에 있을 수 없었다. 도망을 쳐야 하는데 대만 말도 모르고 서울로 돌아올 궁리 끝에 일본 사람에게 도움을 받아 서울로 왔다. '부잣집으로 시집가서 귀부인으로 살 줄 알았는데 또 일을 하네'하고 사람들이 비웃을까봐 조금은 걱정 되었다. 하지만 비웃어도 살기 위해서는 그까짓 자존심은 감소했다. 오던 다음날 전 직장 미장원으로 갔다. 원장은 잘 왔다고 손님들이 너만 찾아서 우리가게 문 닫을 뻔했다면서 너무 좋아했다.

부잣집이고 잘생긴 남편이고 다 접고 이 길이 그분이 가야할 길인가보다 하며 체념했다고 한다. 행복은 부자가 아니고 잘생긴 남편도 아니었다. 어머니, 언니, 동생들과 함께 문간방에 뒹굴고 살아도 그곳이 나의 행복이었다며 그녀는 내게 씁쓸한 미소를 보였다.

파란만장했던 임형선 선생님의 꿈은 그렇게 '결혼 하루 만에 후회'로 끝났다.

잊을 수 없는 짠무지

어머니가 행상하던 그 때 내 나이 12살 때였다. 얼마나 가난했던지 먹을 찬이 없어 찬물에 밥 말아 짠지만 먹고 살던 때였다.

조상으로부터 물려받은 재산이 많았는지 아버지는 황해도 황주에서 제법 부자로 살았다. 아들을 선호하는 집안에 대를 이어줄 아들을 어머니는 낳지 못했다. 어머니 죄명은 아들 못 낳은 죄 소위 칠거지악에 속했다.

그 시절에 어머니가 딸 셋을 낳고 아들을 못 낳은 이유로 아버지는 소실을 보게 되었다. 불행하게도 소실은 아들을 낳고 그 뒤로 구박은 물론이고 그 기세가 하늘을 찌르듯 했다. 견디다 못한 어머니는 우리 세 자매를 두고 집을 나갔다.

주변에서 아버지 소실에게 호칭을 작은 어머니라 부르라고 해서 그렇게 불렀다. 어느 날부터 작은 어머니가 아이나 보라며 "계집아이가 5학년까지 다녔으면 됐지."하며 학교를 못 가게 했다. 세 자매는 점점 구박이 심해지자 엄마 찾아 가기로 결심했다. 내 나이 12살, 어머니 찾아 서울로 왔다. 이리저리 헤매면서 묻기를 반복해 물어가며 발품을 팔았다.

힘들게 어머니를 만나고 보니 어느 문간방에 아주머니들 4명과 함께 지내고 있었다. 생활은 하루하루 행상하며 겨우 목구멍에 풀칠이나 하고 사는 것 같았다. 그 비좁은 방에 밤이며 아주머니들 발 사이사이로 머리를 거꾸로 대고 자곤 했다. 그 때 반찬이라고는 짜디짠 짠지 하나로 찬물에 밥 말아서 먹으며 살았다. 그 때 우리 모녀는 찬물이 아니라 눈물에 밥을 말아 먹었다고 해야 정확했다.

이런 삶을 살아보지 않은 사람들은 절대로 모르고 호랑이 담배 피는 시절 동화 같은 이야기로 들릴 것이다. 나는 너무 어린 나이에 가난의 아픔을 알아버렸다 돈을 벌기 위해서는 안 쓰고 아끼는 것이 최상이라고 생각했던 것이 한평생 몸에 배어버렸다.

그도 그럴 것이 하루 종일 무거운 광주리를 머리에 이고 다니며 고생하는 모습이 보지 않아도 보인 듯이 떠올랐다. 어머니가 발품을 파는 것을 생각하면 빨리 커서 돈 벌어야 한다는 생각뿐이었다.

엄마는 힘든 상황에도 나를 학교가라고 했다. 그 시절에는 보통학교도 시험을 바야 갈 수 있었다. 창신동 창신 공립 보통학교에 다행히도 합격해 6학년에 진학할 수 있었다. 학교를 다니면서도 늘 돈 벌 생각이 마음에서 떠나지 않았다.

졸업 후 기술을 배워야 가난을 벗어 날 수 있다고 결심하고 실천했다. 그때는 왜 그렇게 추었을까? 동대문구 창신동에서 짠지에 밥 한 술 먹고 종로1가 화신상회까지 걸어서 가고나면 손발이 꽁꽁 얼어 감각이 없었다.

그렇게 시간도 세월도 흘러 나의 꿈을 이루기 시작했다. 개구리가 올챙이 때를 모른다고 했던가? 하지만 그 시절의 가난의 아픔을 잊은 게 아니다. 마음 깊이 묻어두고 앞만 보고 달렸다.

세월은 많이 흘러서 나의 인생도 하나하나 정리를 하는데 어느 날 아는 지인이 짠지를 가져왔다. 그 짠지를 보니 그 때 눈물 찬물에 밥 말아 먹고 겨울 빙판길을 걸어 종로1가 화신상회까지 걸었던 지난 일들이 주마등처럼 스쳤다.

그 짠지를 들고 나도 모르게 눈물이 나서 엉엉 소리 내어 한참을 울다 생각하니 지인에게 미안했다. 태풍, 장대비가 지나고 나면, 따뜻한 햇볕에 잘 익어가는 가을 사과처럼 곱게 익어가려고 한다.

아버지, 어머니께

아버지 어머니, 보고 싶습니다. 그곳에도 별일 없이 평안하신지요?

아버지 어머니, 계절은 어느새 푸른 숲이 우거지고 만물의 영장이 춤을 추는 가정의 달 5월입니다. 아버지 어머니, 그곳에도 푸른 숲 사이로 새들이 노래하고, 각종 꽃들이 활짝 피어 벌, 나비가 찾아들며 살기 좋은 환상적인 곳이라 생각됩니다. 아마도 부모님께서 사시는 곳은 집 앞뜰에 계곡물이 흐르고, 집 뒤에 숲은 약한 바람에도 서로 잎을 비비며, 앞마당에는 이름 모를 꽃들 속에 잘 계시리라 생각합니다.

아버지 어머니, 해마다 5월이 되면 효도 못한 죄의식에 부모님이 더욱 더 보고 싶고 마음마저 괴롭습니다. 부모님께서 저희들 옆을 떠난 세월이 많이 흘렀고, 계절도 많이 바뀌어서 이곳에 남아 있는 당신 자식 8남매 중에 아들 3형제가 부모님 계신 곳으로 떠났습니다. 보고 싶은 내 부모님, 이제 우리 네 딸들만 남았습니다.

아버지 어머니, 혹시라도 저승 문에서 당신 아들을 만나 보셨는지요? 만나보셨다면 연락 주실 수는 없었나요. 당신들께서 가 계신 곳이 어떤 곳이기에 연락이 이토록 안 되는 것인지, 이곳 이승은 전 세계 어느 곳에도 연락 안 되는 곳이 없습니다.

아버지 어머니 옆으로 오빠들과 동생을 보내고 소식을 들을 수 없어서 마음이 답답하고 아픕니다. 부모님과 오빠, 동생이 너무 보고 싶고, 시시때때로 보고 싶은 마음에 눈물이 납니다. 특히 죽은 형제들 친구들을 보면 더욱 더 마음이 저려옵니다.

사랑하고 존경하는 우리 부모 형제들 살아생전 못다 한 효도가 이토록 오래오래 마음에 수갑을 채울 줄 몰랐습니다.

아버지 어머니 그리고 먼저 간 우리 형제들, 남아 있는 우리 네 자매들 걱정일랑 하지 마세요. 우리 자매들은 부모님 살아생전에 못다 한 효도를 연상하며 서로 아끼고 사랑할 것입니다. 아버지 어머니, 못난 여식들 생명이 다 하는 날까지 사랑하고, 존경하는 부모 형제들을 보고 싶어 할 것입니다.

– 큰딸 올림.

어머니의 굵은 손가락

어릴 적에 본 여자의 손이 아닌 어머니의 굵은 손을 적어 볼까 합니다. 어머니는 자그마한 체구에 자주색 치마, 흰 저고리, 자주 옷고름을 달아 예쁜 한복을 입으셨습니다. 소매 끝으로 살짝 보인 손이 참 아름다웠습니다. 이 세상에서 어머니가 제일 예쁘다고 생각했습니다. 그토록 곱던 당신의 모습은 흐르는 세월에 묻혀 점점 희미한 안개 속으로 멀어져갔습니다. 그렇지만 어머니의 연세 육십이 지난 뒤의 모습이 주마등처럼 떠오르며 엊그제 일 같습니다.

세상 모든 어머님들이 그러하듯이 나의 어머님께서도 아침저녁으로 "애들아! 일어나라, 해가 중천에 떴다."하시곤 하셨습니다. 어머니는 어찌나 몸이 빠르던지 자식들이 혹 아프기라도 하면 아이를 업고 신발을 벗은 건지 신은 건지도 모르고 고개 넘어 의원 집으로 달려가곤 하셨습니다. 새벽이면 목욕재계 하시고 장독대에 정화수 떠놓고 오직 자식들 잘 되라고, 건강하게 해달라고 조상님께 빌었습니다. 지엄하신 아버지 시중들랴, 자식 키우랴, 밭일까지 하시랴, 늘 바쁘게 사셨던 어머니였습니다. 당신 몸 뒤로 하고 오직 남편과 자식만 위해 일생을 바치신 어머니의 흔적이 아련합니다. 혹은 외출이라도 하시면 좋은 옷을 보면 오직 자식들 입히고, 먹을 것 있으면 먹이고 싶어 하셨습니다. 당신 자신은 허리띠 졸라매고 냉수로 허기진 배를 채우셨습니다. 그토록 고생하신 어머님의 모습이 후회와 죄스러움으로 가슴이 아려 콧등이 찡하고 눈시울이 젖습니다. 먹고 사는 것이 뭔지 돈 벌어놓고 효도해야지, 집 사놓고, 자식 키워놓고 효도해야지, 이 핑계 저 핑계로 미루었습니다. 그러다 보니 어머님의 삶이 얼마 남지 않았을 때 그제야 발을 동동 구르며 달려갔습니다. 이미 늦어 못난 여식에게 효도할 기회를 주지 않았습니다.

효도란 미루면 안 되는 것을 알았습니다. 모든 것을 다 놓고 돌아올수 없는 긴 여행 떠난 뒤에 땅을 치고 후회하며 통곡해도 아무 소용 없었습니다.

다른 사람들은 목걸이니 팔찌니 주렁주렁 매달고 다니는데 어머니께서는 겨우 금반지 몇 돈뿐이었습니다. 그래도 동네 친구 분들에게 자랑하시던 말씀 "여보게, 이것 좀 보게 몇 돈이나 되겠어?"하시며 자랑하셨습니다. 딸들이 해왔다고 좋아하셨습니다. "얘들아! 손마디가 굵어서 반지를 낄 수가 없다."하셨습니다. "그래 팔십 년을 부려만 먹었으니 굵어 질만도 하지."하시며 빙긋이 웃곤 하셨습니다. 손수건에 꼭꼭 싸고 또 싸서 장롱 깊숙이 감추면서 활짝 웃던 어머님의 모습을 생각하니 옆에 계신 것 같습니다.

그토록 아름답고 고우시던 얼굴에 굵은 주름, 손가락이 굵어서 반지를 끼지 못했습니다. 반지를 낄 수 없도록 손마디가 굵어진 것도 자식들은 몰랐습니다. 거친 손을 자식들에게도 보이기 싫어 등 뒤로

감추시던 어머님, 죄송합니다.

입버릇처럼 부모노릇 못해서 미안하다고 후회하던 일들이 세월 속에 감춰지는 것이 더욱 아쉽습니다. 지금 생각해 보니 자그마한 체구가 태산 같이 높아보였습니다. 그 마음 또한 하늘만큼 바다만큼 넓은 당신이셨습니다. 언제나 낮은 자세로 조용히 말씀하시며 "딸들아 상급학교 못 보내서 미안하다."하셨습니다.

낮인지, 밤인지, 구별 없이 일만 하셨습니다. 가르치지도 못한 애들을 일만 시켜서 어미가 많이 미안하다며 늘 안타까워 하셨습니다. 이제 그 모든 일들을 환상과 빛바랜 사진으로만 볼 수 있을 뿐입니다. 부족한 여식이 나이가 들수록 당신이 그립고 보고 싶은 마음에 사모곡 노래 가사를 되새겨 봅니다.

"앞산 너울 질 때까지""호미자루 벗을 삼아 땀에 찌든 삼베적삼" 속으로 노래를 읊조리며 당신과 함께 호흡을 합니다.

불러도 대답 못하시는 어머니, 들으실 리도 없지만, 뒤늦게나마 소리쳐 부르고 싶습니다. 그리고 용기 내어 외치고 싶습니다.

"어머니! 사랑해요."

자매들 모임

2006년 아쉬운 한해를 보내면서 우리 자매들이 모였다.

큰언니인 나는 동생들을 모이라고 말을 해놓고 조금 걱정이 앞선
다. 아우들은 다들 바쁘게 사는데 언니라는 사람이 동생들 마음도
모르고 모이라고 하지 않았나 하는 생각에 내 마음이 조금 괴로웠
다. 그런데 우리 형제들을 모이라고 한 이유가 있다. 4남매 중 가장
사랑을 많이 받고 살던 내 남동생이 젊고 젊은 나이인 마흔을 갓 넘
어서 저세상으로 가버렸다. 우리 자매들의 남동생을 잃은 슬픔이야
말로 말 그대로 하늘이 무너지는 것 같았다.

이제는 남은 우리 형제라곤 세 자매뿐인데 동생들도 나이가 들어
어느새 60의 나이가 되었다. 그래서 우리자매들이 살면 얼마나 살까
싶은 생각에 나는 동생들을 모이라고 했다. 참으로 내 동생들은 착
하다. 아무 이유도 묻지도 않고 목포에 사는 내 밑의 동생 부부, 막내
부부가 그 먼 곳에서 왔다.

바쁜 동생들을 모이라고 한 것은 우리가 조금이라도 건강했을 때
더 자주 만나서 얼굴을 볼까 하는 생각이었다. 비단 그 뿐만은 아니
다. 내 제부 생일이 금년에 진갑인데다가 또한 내 생일과는 5일차

이다. 그래서 동생들을 서울로 불렀다. 우리 형제들끼리 생일 핑계로 모여서 식사도 하고 자주 만나 얼굴도 보고 싶은 마음에 큰 언니라는 이유로 명령 아닌 명령을 했다. 그런데 웬걸 동생들은 물론이고 조카, 손자, 손녀, 내 아들과 며느리 할 것 없이 다들 모였다. 저녁 식사를 하려고 '경성이동갈빗집'으로 온 식구가 시끌시끌 왁자지껄하면서 들어갔다. 비록 제부 생일이라곤 하지만 내 생일과 합동으로 축하파티를 했다. 주변사람들이 "다들 형제인가 봅니다. 참으로 보기가 좋습니다."한다. 우리 제부들과 자매들은 송년회 겸, 생일,겸 마시며 즐거워하는 순간에도 죽은 남동생을 자연스럽게 생각하게 된다. 잠시 잠깐 하다가 분위기 망칠세라 이내 눈을 감으며 언제 생각을 했는지 조차 잊고 막내가 분위기 조율을 한다. 이제 장소를 이동하자고 하며 다음 순서를 정한다.

"다음부터는 이 막내가 삽니다!"하며 폼을 잡는 것이 어찌나 좋은지 이 모습을 내 부모님께서 보신다면 얼마나 좋으실까 하는 생각도 했다. 우리 형제들은 자리를 옮겨서 제부가 바닷가에서 직접 잡아온 낙지니 주꾸미니 이것저것을 가지고 와서 데치고 또 삶아서 마시고 즐겼다.

다음날은 올케가 돈을 쓸 차례다. 그리고 점심은 역시 약속대로 막내가 샀다. "우리 막내는 형제를 위해서 돈 쓰는 것이 이렇게 즐겁다는 것을 아마 모를거야 언니?"하며 웃는 모습이 큰언니인 내가 볼 때 참으로 행복해 보이고 또한 행복하다.

'사랑하는 내 동생들아, 언제나 몸과 마음이 건강해야 한다. 큰 언니 부탁이다.'

동생댁 이야기

이번에는 내 동생댁 이야기를 한번 써보겠다. 내 동생댁은 어찌나 부지런하고 깔끔한지 모른다. 그래서 이 여인의 별명은 '억순이'다. 그리고 무슨 일을 하려면 신발을 홀렁 벗고 맨발로 일을 할 때가 많다. 거기다가 얼굴도 예쁘고 마음씨 또한 곱다. 요즘 젊은 사람으로는 보기 드물다. 그래서 나는 언제나 우리 올케를 사랑하며 아끼고 마음 깊이 새겨둔다.

그런데 몇 달 전에 모 대학교에 취직을 시켜준 분과 함께 출근을 한다는 말을 들었다. 그리고 한두 달쯤 됐을까 하는데 올케가 우리 집을 왔다. 이게 웬일입니까? 입이 다 부르터서 볼 수가 없고 얼굴은 말랐다. 그 모습을 보니 안타까운 마음에 가슴이 찡하다. "웬일로 입이 그렇게 부르텄니?"하니까 그 대답은 하지 않고 울기부터 한다. 나는 너무 마음이 아파서 다그쳐 물었다. "왜 그러니? 누가 너를 괴롭히니?"물으면서 안타까운 마음에 나는 화가 난다.

그런데 어디든지 그 놈의 신상보고서가 문제다. 신상보고서를 현장 감독이 본 것이다. 그리고 아마도 음탕한 생각을 하고 이 여인에게 접근을 했다고 한다. 이 여인이 말을 듣지 않자 괴롭히기 시작을 했다는 것이다. 사람이 착하고 일도 열심히 잘 하니 교수들도 칭찬을 하며 열심히 사는 모습이 예쁘다고 하는데 굳이 감독만이 사사건건 시비를 걸어온 것이다.

"나한테 잘못보이면 감독의 마음대로 자를 수도 있으니 그렇게 아세요!"하며 협박을 해서 울기도 많이 울었다고 한다. 몸도 점점 약해져서 참으로 보기가 안타까워 내 속이 탄다. 이 모든 일들을 종합하니 이 여인이 젊고 예쁘고 하니 어떻게 한 번 해볼까 했는데 말을 듣지 않자 이 여인을 괴롭혀서라도 내보내야겠다는 속셈으로 그랬다. 하지만 지성이면 감천이란 말이 그냥 있는 게 아니다. 어찌된 일인지 이제는 역전이 되어서 일도 편하고 감독도 이 여인을 보면 고개를 들지 못하고 지나간다고 한다. 나중에 들으니 그토록 힘들 때 지켜만 보던 소개한 분이 나서서 비밀카드를 내밀었다. 그래서 사람은 독불장군은 없다는 말이 있나보다.

생각하면 생각할수록 우리 올케가 불쌍하다. 다른 사람들은 시집도 가지 않았을 나이에 아이 삼남매를 데리고 청춘과부로 앞만 보고 사는 우리 올케를 보면서 먼저 간 동생이 밉다. 이제부터는 우리 올케가 아프지도 말고 더 이상은 울지 않고 즐겁게 살았으면 하는 마음이다.

아버지와의 약속

어느 일요일 아침, 아침을 먹고 예전처럼 내색하지 않고 밭에서 파랗게 돋는 보리를 밟으러 갔다. 그때가 아마도 12월 말쯤으로 생각된다. 왜냐하면 교회에서는 크리스마스 준비가 한창이었기 때문이다. 그리고 시골에서는 겨울에 별로 할 일이 없으면 보리밭 밟기를 한다. 수북하게 자란 보리를 꼭꼭 밟아주어야 겨울에 월동을 잘 한다. 그래서 동생들을 데리고 밭으로 나가서 열심히 보리를 밟으며 마음으로 기도를 했다. 밤에는 교회 나가게 해달라며 다른 생각은 할 겨를도 없이 오직 밤 예배에 참석할 생각뿐이었다.

웬일로 아버지께서 밭에 나오셨는데 오신 줄도 모르고 건너편에 있는 예배당만 바라보고 보리만 밟았다. 아버지께서는 내 그 모든 행동을 밭머리에서 지켜보고 계신 것이다. 동생이 "누나!"하는 소리에 돌아보니 밭머리로 고개를 가리킨다. 돌아보니 하얀 옷을 입으시고 뒷짐을 지고 아무 말씀도 하지 않으시고 바라만 보신 것이다. 지금은 세월이 좋아져서 어른들도 여러 가지 색깔로 옷을 입지만 그때는 오직 흰색 옷이 대부분이었다.

그렇게 한참을 바라보시더니 말없이 가시고 안 계신다. 동생과 열심히 보리를 밟으니 어린 동생이 예배당에 안 다니면 안 되냐고 만날 일만 하고 아버지께 예배당에 간다고 혼나니 이제 그만 다니라고 한다. 동생한테 그 말을 듣는 순간 눈물이 낫다. 지금 동생 생각하니 또 눈물이 나고 어릴 적 모습이 주마등처럼 떠오른다.

그때 일을 생각하니 새록새록 마음 저 깊은 곳에서 동생에 대한 그리움이 떠오른다. 과연 예수가 뭣이기에 어리디 어린 동생 입에서 예수 믿지 말라는 말을 하면서 "아버지, 형한테서 욕만 먹잖아!" 했다.

그때는 예수만 믿으면 온 세상에서 아무 것도 부러운 것이 없으리란 생각뿐이고 오직 우리 식구들 구원시키는 것이 목적이었다. 동생한테 미안하다고 말을 하니 동생 하는 말이 얼른 보리밭 다 밟고 저녁에 교회 가야 하잖아 한다. 그리고 동생과 열심히 보리밭을 밟았다.

여동생이 밭에 와서 나를 부르는 것이다. 아버지께서 빨리 일을 끝내고 집으로 오라고 한단다. 일을 끝내고 집으로 동생과 들어가니 아버지께서 이리 오라고 한다. 깜짝 놀라서 알았다고 했다. 그런데 이게 웬일인가. 눈이 휘둥그레지며 내 귀를 의심해보았다. 오늘 저녁부터 교회 나가라고 한다.

그런데 아버지와 약속을 해두어야 할 일이 있다고 한다. 무슨 약속인가 싶어서 그 다음 말을 기다렸고 마음은 하늘로 날아가는 것 같았다. 그런데 그 약속을 절대로 연애해서는 안 된다는 말씀이셨다. 그래서 두 무릎을 꿇고 자신 있게 대답을 했다. "절대로 아버지 얼굴에 먹칠하지 않겠습니다."하고 맹세를 하고 또 했다.

그리고 속으로 '아버지 얼굴에 먹칠보다 하나님의 영광 가리는 일은 하지 않겠습니다.'했다. 아버지께서 하는 말씀이 "네가 이겼다." 하시며 열심히 잘 다녀보거라 하셨다.

　그때를 생각하면 새삼 믿음의 길이 쉽지만은 않았다는 생각이 들어 앞으로도 믿음의 길을 잘 가야겠다는 다짐을 해 본다.

굳게 닫힌 문

바람은 바람인데 춥지 않는 바람이 봄을 알리고 대지를 녹인다. 산기슭 응달에는 겨우내 내린 눈이 녹지 않고 쌓여서 봄볕을 기다리고 있었나 보다.

오늘 내가 만난 그 어떤 분은 남편이 굳게 마음의 문을 닫고 윗사람이나 아랫사람이나 그 누구한테도 마음의 문을 열지 않고 얼어붙은 문에 빗장을 걸어두고 사시는 듯하다. 한평생을 주변은 물론이고 형제 그리고 이 세상에 가장 가까운 부부, 자식한테까지도 마음의 빗장을 열지 않는다고 부인이 하소연을 했다. 그 말을 들으니 많은 생각들이 머릿속을 어수선하게 한다. 그러나 그분의 오랜 불만을 나로서는 어떤 해결책이 없어서 난감했다. 아무리 생각을 해도 딱히 뾰족한 방법이 없어서 "이제 그만하고 배고픈데 우리 밥이나 먹고 하지요?"했다. 그러지 하면서 식당으로 들어가서 식사를 주문하고 소주도 달라고 해서 각자 앞에 술잔을 놓았다. 그리고 밥을 먹으며 술을 한 잔씩 마시고 내가 그동안 들은 내용에 대해 답을 했다. "그동안 두 분께서 부부인연으로 살아온 세월이 50년인데 이제 와서 남편이 마음의 문을 열지 않는다고 사니 안 사니 하는 것은 아니라고 생각된다. 그렇다고 부부가 서로 간에 마음을 주지 않는 것은 결코 옳지 않다는 생각이다. 나는 그 두 분께서 호강에 겨워서 하는 즐거운 비명소리로 들릴 뿐이다. 남편이나 부인이 옆에 없다고 상상을 해보고 그런 막말을 하라."고 했다. 그리고 남편이든 부인이든 간에 서로가 오랜 세월 함께 있을 때는 서로의 소중함을 잘 모른다고 했다. 두 사람 중에 한 사람이 없어 봐야 그 자리가 얼마만큼 큰 대들보였는지 이 분들은 모르고 있는 것이 분명하다. 하지만 토요일 하루를 이 분들과 함께 하면서 예전에 알지 못한 것을 알았다. 이분들이 처음에는 얼굴이 붉히며 아웅다웅 하더니만 두서너 시간이 지나면서 서로 웃고 하는 것을 보면서 부부가 사는 것은 이렇구나 하였다. 하지만 어느 한 쪽이 마음을 주지 않는 것은 분명 기분이 언짢은 일이다.

"오늘 나는 당신들 두 분 틈에서 이쪽저쪽 넋두리 듣느라고 하루해가 졌네요. 이제는 서산에 기운 황혼기에 살면 얼마나 살겠습니까? '있을 때 잘 해, 후회하지 말고' 이 노랫말처럼 건강하게 잘 사세요."

어수선한 하루

요즘 들어 마음이 심란해서 밤이면 밤마다 뒤척거리며 잠을 설친다. 내 마음 한 구석을 차지하고 있는 보성에 계시는 김 노인이 아프다는 전화가 걸려온 것이다.

지난해 큰 수술을 하고 난 뒤라서 후유증으로 몸이 조금씩은 아프겠지 하며 대수롭지 않게 생각을 했다. 그런데 핸드폰에 노인의 전화번호가 뜬다.

전화를 받으니 보성 아산 병원이라며 김봉임 씨를 아시냐고 한다. 전화 내용은 노인이 심장에 이상이 있으니 큰 병원으로 옮겨야 할 것 같은데, 보호자가 맞느냐고 하니 참으로 난감한 일이 아닐 수 없다.

몽둥이로 한 대 얻어맞은 것처럼 머리 뒤통수가 멍하니 아무 생각이 나지 않아 보호자가 아니라고 했다. 간호사가 그럼 형제, 자식도 아무도 없냐고 한다. 그렇게 통화는 끝이 나고 생각을 하니 내가 너무 말을 잘못했다는 생각에 마음이 괴롭고 화가 난다.

비록 부족하지만 나를 믿었기에 내게 전화를 하지 않았나 하는 생각을 하니 잠자코 앉아 있을 수가 없어서 병원으로 전화를 걸었다.

전화를 받는 분이 간호사다. 아까 통화 한 사람이라며 환자 상태를 물었더니 오늘 밤이 고비라고 말을 한다. 그렇다면 큰일이라는 생각에 언니를 어찌하면 좋단 말인가 하며 나 혼자서 방안을 서성대며 손톱을 물어뜯기 시작 했다. 사람이 산다는 것은 이승에서 잠시 잠깐 쉬었다 가는 인생인데 왜 이토록 고생을 하며 늘그막까지 외롭게 지내야 하는 것을 생각하면 할수록 마음이 아프다.

그렇지만 하나님께 평생 두 무릎을 꿇고 기도한 사람인데 말년이 이렇게 비참해서야 누가 당신께 기도하겠습니까. 그토록 김 노인 당신이 찾던 하나님은 뭣을 하시기에 저렇게 불쌍하게 목숨을 연명하며 살게 하는 이유는 뭘까 하며 원망 아닌 원망을 하고 말았다.

그런저런 생각에 밤늦도록 잠을 이루지 못하면서 불경한 생각도 했다. 혹 만에 하나 이대로 세상을 떠나기라도 한다면 나는 마음이 많이 괴로울 것이다. 그렇다고 해서 이렇게 발만 동동 구르고 있으면 무슨 뾰족한 수도 없는데 앉았다 섰다 안절부절 못했다.

그래서 아침 9시가 조금 지나서 보성에 있는 병원으로 전화를 걸었다. 전화를 받지 않아서 입에 침이 마르기 시작했다. 할 수 없이 보성에 계시는 이장님께 전화를 걸었더니 마침 전화를 받는다.

"저 박옥임입니다. 환자 상태가 어떤지요?"하니 너무 걱정하지 말라고 하면서 "아따, 박 선생님, 걱정하지 마세요. 통장인 내가 있잖아요."하면서 나를 위로를 시킨다.

그래도 마음이 놓이지 않아 이번에는 노인의 핸드폰으로 전화를 걸었다. 그런데 반갑게도 언니가 전화를 받는다. 어제는 어떻게 된

거냐며 물었더니 정말 어제는 죽는 줄 알았다며 조금 나아졌다고 울
먹울먹하는 것을 들으니 나도 같이 울먹거리며 통화를 했다. 내가
바라는 마음은 노인께서 무사히 퇴원하길 빌 뿐이다.

돌아온 탕자

안녕하세요. 저는 원당교회에 새로 등록한 박옥임이라 합니다.

교회 등록하기 전과 등록 후에 느낀 점을 간증하고자 몇 자 적습니다. 저는 예전에는 제법 열렬히 신앙생활을 했던 적도 있었습니다. 그런데 원인 모를 시험에 들어 오랜 세월을 환난과 고난 속에서 헤맸습니다. 그러다 1년만 쉬어야지 한 것이 세월은 흘러 20년을 쉬었습니다. 그 도중에 하는 일마다 꼬여 나중에는 빈손뿐이었습니다.

2007년 11~12월에는 인간으로 겪기 힘들고 참을 수 없어서 죽고 싶더군요. 겉으로는 당당하고 일 열심히 하니 어느 누구도 내 고통을 몰랐습니다. 그해 구정 전날 아는 지인이 절에 기도하러 가는 것을 보고 나도 절에 나가기로 마음속으로 결심했습니다. 그 다음날이 설날이었지요. 원인 모를 마음의 고통이 있었고, 온몸은 추스를 수 없이 아팠습니다. 도저히 참을 수가 없어 진통제 한 움큼 먹고 체육공원으로 산책이나 하고 오자는 마음으로 집을 나섰습니다. 그런데 이게 웬일입니까. 나도 모르게 북한산으로 가버렸습니다. 깜짝 놀랐습니다. 한참 정신을 가다듬고 산행 하는 사람을 우연히 만나 일행이 되었습니다. 두 분 중 한 분이 저에게 이렇게 말을 하더군요. "높으신 분이 많이 사랑하시군요?" 그리고 그 분이 눈물을 흘리기에 "혹 스님이세요?"했습니다. 아니라고 고개를 살살 젓더군요. 사실 예전에 성령세례 받았던 교회 신자였다고 했습니다. 옆에 있던 그분께서 '성령'이란 말을 듣더니 또 눈물을 흘리면서 "참 이상하다, 높으신 분께 사랑을 많이 받고 계십니다!"했습니다. 그러면서 하는 말이 원당교회 목사님이 말씀을 잘 전하시니 거기로 가라고 했습니다. 교회로 가야 할지, 절로 가야 할지 몰라서 안 가 본 종교가 없다고 했더니 다음 주일에 가자고 하기에 그렇게 하자고 했습니다. 그리고 죽었던 내 영을 살리기 위해서 그 분은 마음 변하기 전에 빨리 교회에 등록을 하라고 했습니다.

그렇게 2월 10일에 원당교회로 나갔습니다. 세상에 이럴 수가 있습니까. 목사님 설교 말씀은 '돌아온 탕자'였습니다. 저한테 하는 설교더군요. 그 말씀을 듣는 순간 고개를 들 수가 없었습니다. 그 다음 주에 등록을 하고 나니 그토록 불안하고 답답하던 마음이 차분하게 가라앉았습니다. 더 표현을 하자면 성난 파도가 잔잔해진 것처럼 마음이 차분해졌습니다. 예배가 끝나고 새 신도 실로 가 있는데 어느 집사님께서 등록하니 기분이 어떠냐고 물었습니다. 마음이 차분하고 옛집에 온 것 같은 기분이 든다고 했습니다. 사실이 그랬으니까요.

그리고 수요일 밤 예배에 참석했을 때는 목사님께서 설교를 하시는데 말씀 한 마디 한 마디가 비수가 되어 내 마음에 꽂혔습니다. 지난 긴 세월 속에서 하나님 등지고 살아온 것을 생각하니 눈물이 어찌나 나오는지 옆 사람이 들을까 봐 소리 없이 눈물만 흘렸습니다.

말씀 전하시는 목사님을 바라보니 광채에 눈이 부셨습니다.

지금 생각해 보니 원당교회를 소개한 그 친구가 진정한 친구란 생각이 듭니다. 나중에 안 일이지만 그 분 역시 영락교회 장로님이시라는 걸 그때는 전혀 몰랐습니다. 요즘도 간간이 믿음생활 잘하냐며 이메일을 보내곤 합니다. 이친구의 고마움을 생각해서라도 열심히 믿음생활 잘할 것을 다짐해봅니다.

지금은 하루하루가 즐겁고 행복한 생활을 하고 있습니다. 나도 모르게 제가 다니는 유치원 아이들에게도 "사랑해요, 우리 공주님!"하니 아이 엄마들도 어찌나 좋아하는지 모릅니다.

요즘은 "하나님 아버지, 처음에 주신 그 사랑 다시 주십시오."하며 기도하는 마음으로 하루를 시작합니다.

원당교회 새신도 교육 받을 당시 권사님들과 함께.

짝사랑의 추억

"여러분! 잠깐 실례 좀 하겠습니다. 오늘 제가 40년 전에 죽기 살기로 쫓아 다녔던 내 짝사랑을 만났습니다. 지금 여기 계신 분들 찻값은 제가 지불하겠습니다. 업소 사장님, 괜찮지요?"했다. 손님들은 우~와 하며 기립 박수를 쳤다.

이게 무슨 말인가 하면 이제부터 세월을 거슬러 40년 전 내 나이 열아홉 살 적 일이었다. 그 당시 지엄하신 아버지, 완벽한 어머님, 여동생 둘, 남동생, 우리 4남매가 별 욕심 없이 살던 시절이었다. 세상물정 모른 순진한 시골 처녀는 밤에 교회 가고 낮에는 처녀 농군으로 살았다. 우리 부모님을 가리켜 남들이 말하기를 법이 필요 없는 분들이라고 하셨다. 그런데 부모님은 유독 딸들에게만 엄하게 대하셨다. 늘 우리 자매들은 자라면서 한 번도 외출은 물론이고 동네 친구들과도 마음 놓고 놀지 못했다. 친구 집에 마을도 못 가게 한 이유가 있었다. 그 마을은 김 씨 집성촌이었다. 그래서 다 큰 여자아이들이 휩쓸려 놀다가 행실 나쁘다는 말 들을까봐 엄하게 했다는 것을 나중에 알았다.

어느 날 친구가 할 말이 있다고 집으로 데리러 왔다. 무슨 말을 할지 몰라 이리저리 기웃기웃했다. 친구들 셋이서 들어오면서 "갑순이 왔어!"했다. 오랜만에 또래를 만났으니 조금만 놀다 가라고 붙잡았다. 나도 놀고 싶어 못 이긴 척 친구들과 어울렸다. 여기저기서 이야기보따리를 풀어 놓았다. 이리저리 눈치를 살펴도 친구들은 말을 해 주지 않았다. "너희들 나한테 할 말 있다고 했잖아? 이제 나 갈 거야. 너무 늦어서 빨리 집에 가야 해."하며 일어섰다. 친구들이 붙잡는 순간에 방문을 열고 고3학생이 들어왔다. 사람이 들어오자마자 나가는게 실례일까 싶어 잠깐 앉았다. 또래들이 화투를 치자고 했다. 여럿이 둘러 앉아 화투놀이에 푹 빠져 시간 가는 줄 모르고 놀았다. 이기는 편이 지는 편에게 팔뚝 때리기를 했다. 할 줄 모른 놀이지만 나도 끼었다. 화투를 처음해 본지라 계속 져서 팔뚝이 빨갛도록 맞았다. 물론 고3학생한테도 팔뚝을 내 주었다.

나중에 안 일이지만 남학생이 친구들에게 나를 소개해달라고 해서 불러냈다고 했다. 그날 이후로 아버지는 나에게 외출금지령을 내렸다. 그 뒤로는 어떤 친구가 데리러 와도 교회 가는 것 빼고는 꼼짝도 못했다. 그 학생은 나를 만나기 위해 교회 가는 길목에서 겨울 방학이 끝나도록 기다리다 돌아갔다고 했다.

나는 오직 아버지 기대 저버리지 않으려고 조심스럽게 행동하며 신앙생활 했다.

스물 한 살 먹던 가을에 나는 어느 교회 장로님 집안으로 시집갔다. 한참 시집 살다 친정에 갔더니 친구들이 알려주었다. 그 학생이 내가 보고파 몰래 시집 동네 와서 보고 갔다고 말해 주었다. 짝사랑이 이토록 무섭고 힘들다며 지원해서 군대 갔다 오겠다고 했다. 군

대 가서도 잊지 못해 또 지원해 월남 전투병으로 갔다고 했다.

세월은 흘러 육십이 넘어 한 친구를 만났다. 그 후에 전화벨이 울려 받으니 낯선 늙은 목소리였다 잘못 걸려온 전화인가 싶어 끊었다. 또 울려서 받으니 대뜸 하는 말이 "나 김찬호야. 너 나 몰라?" 했다.

죄를 짓다 누구에게 들킨 것처럼 깜짝 놀라 가슴이 뛰기 시작했다. 한참을 숨을 고르고 "응, 생각나."했다. 한번만 보자며 할 말이 너무 많다고 했다. 그래서 마지못해 그러자고 했다. 그는 광주에 살았다. 나는 서울에 사니까 중간 지점인 대전에서 만나기로 했다. 그런데 간사한 게 사람이라더니 참 마음이 이상했다. 자꾸 이상야릇한 생각에 잠도 오지 않았다. '내일 옷은 무슨 옷을 입을까, 머리는 어떻게 할까, 얼마나 늙었을까, 머리는 대머릴까?' 온통 머릿속이 아수라장이었다.

다음날 아침 고속버스를 타고 약속한 터미널에서 약 3시간을 기다리다 더 이상은 기다릴 수 없어 집으로 오는 버스를 탔다.

출발하는 차 안에서 생각하니 나 자신에게 슬그머니 화가 났다. '그래 내가 미쳤지 이 나이에 이게 무슨 짓이야'하며 자신이 창피했다. 그날 밤 12시에 전화벨이 울어대도 안 받았다. 혹시 동생 전화면 어쩌나 싶어 받았다. "왜 나오지 않았어?"한다. 그는 11시에 터미널에 내려 하루 종일 기다리다 막차도 놓쳐 택시로 광주까지 갔다고 했다. 장미꽃 한 다발을 들고 너무 오래 서 있으니 오고 가는 시선이 따갑기까지 했다고 했다. 그 꽃다발을 쓰레기통에 버리려니 돈이 아까웠다고 했다.

그도 그럴만하다. 세월 이기는 장사 있겠는가? 서로 얼굴을 알아보지 못한 것이다. 그 다음에 다시 만나기로 했다. 그때 올 때는 그 친구가 도리고지 모자를 쓰겠다고 했다. 그러나 출근도 해야 되고 해서 기분이 썩 내키지 않았지만 그러라고 했다. 역시 그 모자를 쓰고 차에서 내렸다. 이번에도 그 모자가 아니었다면 몰라보고 또 집으로 올 뻔했다. 어떠한 것도 세월은 비켜가지 못하나 보다. 여자처럼 예쁘장한 얼굴이 몰라보게 변했다. 우선 목구멍이 포도청이라고 밥을 먹고 이야기 듣자고 했다. 식사 중에 서로 가정의 안부를 묻곤 했다. 이야기 장소 다방으로 들어갔다. 그 다방 손님은 대략 잡아 약 20명 정도였다.

벌떡 일어서더니 "여러분 오늘 제가 40년 전에 죽기 살기로 쫓아다니던 짝사랑하던 친구를 운명적으로 만났으니 여기에 계신 분들 찻값은 내가 지불하겠습니다!"했다. 손님들은 손뼉을 치고 엄지손가락을 치켜세우기도 했다. 조금은 창피하기도 했지만 기분은 나쁘지 않았다.

40년이나 지나도록 마음에 묻어둔 사연을 언젠가는 만나면 해줘야지 했다고 했다. 짝사랑이 뭐 그리 대단하다고 죽음의 사지 월남까지 갔느냐고 했다. 이런 저런 사연을 들어 줘서 고맙다며 꼭 행복하고 건강하라고 했다. "젊어서 너 때문에 죽음에 사지로 다녔다." 하면서 눈시울이 젖기도 했다. 한 여인을 주제로 글을 써서 동아일

보 신춘문예에 뽑혀 상금도 받았다고 했다. 짝사랑도 사랑인가 보다 마음에서 사랑의 불길이 사라지니 글도 안 써진다고 하며 껄껄 웃던 모습이 떠오른다.

　여보게, 친구! 행복하게 잘 살고 있지?

전하지 못한 반성문

아버지 어머니. 예전에 항상 입버릇처럼 이런 말씀하셨죠. 세월이 참 빨라 눈 한 번 떴다가 감았더니 한 해가 갔다고 말씀하시던 일들이 생각납니다. 그렇게 세월이 빨리 흐르고 이제서야 불초여식이 부모님께 전하지 못한 반성문을 써봅니다.

해마다 5월이 돌아오면 부모님의 그리움이 더 짙어집니다. 아버지 어머니, 며칠 있으며 어버이날입니다. 이 날이 돌아오면 이 못난 여식은 부모님 모습이 보고 싶고 두 분의 살아온 발자취를 생각합니다. 부모님 살아생전에 좀 더 효도 못한 것이 불초여식은 언제나 마음이 괴롭고 죄스럽습니다. 아버지 어머니, 두 분께서 살아계실 때 용돈 두둑이 드리면서 제주도 여행이나 다녀오시라고 하지 못한 것이 못내 아쉽습니다. 아버지 그 좋아하신 술도 한 번 사드리고, 어머니 좋아하신 굴비도 많이 사드릴 텐데. 어디 그 뿐입니까. 더욱 아쉬움으로 남는 것이 있습니다.

두 분 나란히 손을 잡고 여행을 보내드리지 못한 것이 세월이 흘러도 부족한 여식의 마음에 후회로 남습니다. 아버지 어머니, 불초여식도 나이가 들어가면서 두 분이 더 그립습니다.

238

아! 참, 아버지 어머니, 불초여식이 자랑할 일이 있습니다. 기뻐해 주세요. 제가 이렇게 글을 쓸 수 있도록 글을 가르쳐주신 스승님이 계십니다. 이렇게 훌륭한 선생님들이 계시기에 두 분께 반성문도 쓸 수 있어 못난 여식이 참으로 기쁘고 즐겁습니다.

아버지 어머니, 여식이라고 글을 안 가르쳤다고 '미안하다.', '부모 잘못이다.'하고 마음 아파하지 마세요. 당신들께서 귀에 못이 박히도록 하신 말씀을 생각합니다. 그래서 아버지 말씀대로 조금이라도 은혜를 잊지 않고 실천하고 살고 싶어 이번 스승의 날에 선생님들 모시고 식사나 할까 합니다. 아버지께서도 기쁘시지요? 당신 가르침이 헛되지 않도록 살다가 부모님 옆으로 가겠습니다.

아버지 어머니, 사랑합니다.

문학과의식
2022 산문선

박옥임 수필집

전하지 못한 반성문

발행일   2022년 6월 30일

지은이   박옥임
펴낸이   안혜숙
디자인   임정호

펴낸곳   문학의식사
등록   1992년 8월 8일
등록번호   785-03-01116
주소   우편번호 23014 인천광역시 강화군 하점면 강화대로 939
           우편번호 04555 서울 중구 수표로6길 25 501호(서울 사무소)
전화   032. 933. 3696

이메일   hwaseo582@hanmail. net

값 12,000 원
ISBN 979-11-90121-35-4

추억앨범

여행은 언제나 즐겁다.
사랑하는 동생 가족들과의 여행은
특히나 그렇다.

2008 05 04

지난 사진을 보면 얼마 지나지 않은 것 같은 시간이
훌쩍 저만치 가버렸음을 느낀다.
힘이 닿는 한 많이 다니고 많이 느끼고 싶다.

살다보면 소중한 인연들을 만난다.
위의 사진은 나를 친딸같이 아껴주시는
임형선 선생님(아래)과 따님(좌측).
우측의 사진은 동부밑거름 학교의
한상배 교장선생님과 함께.

코리아문학과의 인연을 생각하면 미소가 지어지기도 하고
때론 가슴 한 켠이 아련해지기도 한다.
서울문학 신인상으로 글을 쓰기 시작했지만
나의 글쓰기의 고향은 어쩌면 코리아문학일지도 모르겠다.
열정 하나만 가지고 무턱대고 글쓰기에 달려들었던 시절.
그리고 그 시절을 함께 했던, 마치 가족과도 같았던
찬옥, 묘희, 호강, 애숙, 경애, 수선 자매들
그리고 우리들을 이끌어 주셨던
최무송 회장님, 김용오 교수님, 이혜선 교수님
모두 그립습니다.

옛 생각을 떠올리며 그 시절의 교복을 한 번 다시 입어보았다.
교복을 입은 내 모습이 나이에 맞지 않게 주책스럽다고 생각될 수도 있지만
어찌보면 세상은 학교이고 인생은 배움의 연속이며
우리는 졸업하는 그날까지 학생일지도 모르겠다.

어쩌다보니 벌써 두 번 째 책이 나오게 되었다.
인생이라는 학교를 졸업하는 그날까지
나는 끝까지 배우고 끊임없이 글을 쓰고 싶다.